◇千本櫻文庫◇

◇前言 PREFACE

　　文库，原本是指收纳书物的仓库和书库，也指收纳书与记事簿，以及不常用物品的小箱子。以前者为例，京滨急行线的"金泽文库站"就是以前镰仓时代北条氏用来收藏汉书用的，"金泽文库"名字的由来便是如此。东京都的世田谷区也存在着收集着珍贵汉书的"静嘉堂文库"。后者则更多地被称为"手文库"。

　　江户时代以来，可以放入袖袂的小开本书籍逐渐流行起来，被称为"袖珍本"。明治三十六年（1903年），富山房发行了小开本的丛书，起名"袖珍名著文库"。随后，明治四十四年（1911年），讲述战国时代的猿飞佐助和雾隐才藏系列故事的讲谈社"立川文库"发行出版。讲谈是日本民间艺术，以口语化的方式讲述历史故事的形式。而"立川文库"则是将讲谈收录成册集中出版的丛书，据统计，当时刊行量为200册左右。从那时起，文库就脱离了原本的释意，逐渐演变成了现在的类书集丛。

　　文库的说法借鉴了日本出版业界的传统说法。而千本樱源自日本奈良县吉野山樱花盛开的奇景，世人皆称"一目千本樱"来形容樱花美景。千本樱文库的纳入作品皆为日系作品，题材包括推理、悬疑、幻想、青春、文化等类型，正如千本樱满山盛开的绝景。

现代日本，以"文库"命名刊行的丛书系列有200种以上，所谓"文库本"只不过是统称而已。日本传统的"文库本"常用的是A6尺寸的148mm×105mm，也叫"A6判"。千本樱文库的所有书籍将在"文库本"的基础上提升，达到148mm×210mm的开本标准，追求还原的前提下，力图带给读者更清晰的阅读体验。

明治维新以来，日本文坛迎来了爆发期，涌现出了众多文豪级的作家。受到许许多多名作的影响，日本的出版社也从中受益，得到了突破性的发展，各家出版社为了传承文化，加强创新，纷纷设立了"文学新人奖"，用以发掘年轻作家。其中，以恐怖氛围浓厚的"金田一"系列为契机，迅速开展业务的角川书店在20世纪90年代初期设立了"日本惊悚小说大奖"，发掘出了小林泰三、贵志佑介、道尾秀介等名家。

"第17届日本惊悚小说大奖"的得主法条遥，不愿意去企业就职，志在写出有趣的小说，并且以此为生。但是，他在六年间写作了20多部小说，投稿各个文学新人奖，却全都石沉大海。然而，在28岁的时候，新作《二重身》斩获了"日本惊悚小说大奖"，从而正式出道成为作家。由于深受前辈森博嗣和三津田信三的影响。法条遥的作品兼具惊悚与科幻要素，其代表作"RE系列"被认为是"时间悖论"类型作品的杰作，受到广大读者喜爱。本书《改写》是"RE系列"的第二部，也是前作的接续。本作与前作不同，故事本身是一条主线，以堪称时间迷宫的复杂时间轴为舞台。将普通的日常生活描写得充满悬疑感，最后再通过推理的形式揭秘。

千本樱文库编辑部

SCIENCE FICTION CONTEST

科幻总选举

在科幻作家中有这样一个说法——科幻的本质是用想象延展人生。如果说人类的伟大在于发现和应用科学技术，并用科学技术创造出了这个世界。那么想象力就是一切创造行为的原点。

想象力并非与生俱来，也不是后天训练产生的。它更像是一种思维，是想要追寻的生活方式。拥有同样思维的人，用想象力扩展人生，触摸当下还无法触及的时空和世界。而当这样的群体聚集起来的时候，便形成了名为"科幻"的亚文化。

"科幻选举"是某个科幻题材的小说公募新人奖。除了发掘有才华的新人之外，该奖还非常注重想象力。近年来的获奖作品，不仅内容十分精彩，题材和科幻元素也都新意十足，例如童话与科幻结合，还有对未来AI世界的预见等。

如今，科幻小说的分类已经多达数十种，科幻元素也被植入了其他各式各样的类型文学。科幻的概念也在媒介联动的大环境下，无限地向外部扩散传播。

"科幻总选举"既是口号，也是专题。我们旨在发掘洋溢着想象力的科幻作品。就像其他专题一样，不局限于内容题材和所获奖项，依然维持优先个性的少数派精神，希望能够传播不一样的思维与生活方式。

 千本樱文库

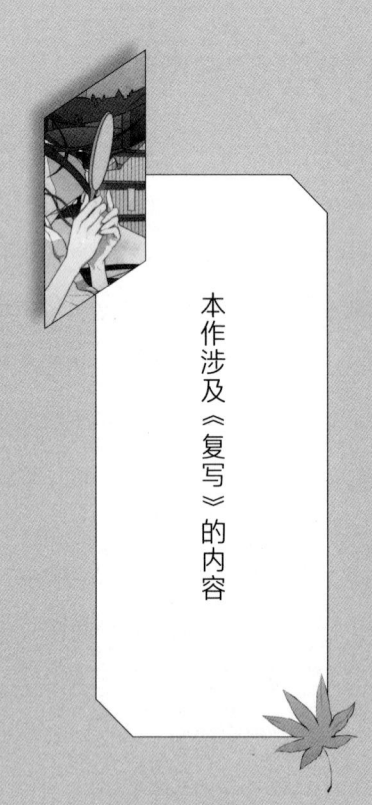

本作涉及《复写》的内容

目录
CONTENTS

	序	001
1	现在 ①	013
2	未来 ①	037
3	过去 ①	059
4	现在 ②	085
5	过去 ②	103
6	未来 ②	113
7	现在 ③	137
8	秋夜叉	153
	终章	175

序 Preface

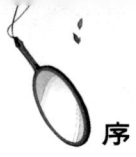

序

深夜两点，静冈县清水市兴津边上的三岛妇产科·小儿科医院响起了敲门声。诊疗时间早已过去，医院也没有亮灯。即使如此，这位女子仍不顾一切地拍着玻璃门拼命地叫人。

"三岛医生！打扰了，我是千秋！麻烦您起来啊。"

拍门的是一位年轻女性。长长的栗色头发梳成一个丸子造型，面色苍白，但五官柔美，戴着一副蓝框眼镜。

她穿着睡衣，左臂抱着一个看似刚出生的孩子，对着昏暗的医院发出悲壮的喊声。

"我是千秋霞。'保彦'……我的孩子他……"

喊声渐渐变小。霞看着左臂上抱着的自家孩子。包在洁白干净裹布里的孩子，满脸通红，一看就知道正发着高烧。

"嗯……怎么了？"医院的门总算开了，"千秋小姐？怎么这时候过来了？"

医院的院长是一位五十多岁很有范儿的女性。她也穿着睡衣，睡眼惺忪地揉着眼睛推开门，打开走廊的灯。

"三岛医生，不好意思这么晚打搅您。"霞低下头，"'保彦'他……"

改写
REVISION BY HARUKA HOJO

话语就此中断，霞默默地把自己的孩子交给了三岛。三岛接过孩子，歪了歪头。

"这是……"

三岛没有多问，默默地为这个叫"保彦"的孩子做触诊。

三岛用宽阔而富有张力的手掌，抚摸着婴儿的脸颊和额头。她确认过皮肤触感与发热程度后，眼神变得严峻起来。

"这孩子出生几周了？"

"两周。"霞回答道，"出院还不到一周。"

三岛继续看了一会儿，看得霞心急如焚，但她马上开始布置诊室，在睡衣外面套上白大褂。

在行动敏捷的三岛的催促下，霞也跟着走进诊室。看着放在诊疗台上的孩子，霞心里只有不安。

正在进行诊疗准备的三岛，接连不断地向霞发问。

"没给孩子吃什么奇怪的东西吧？"

"没有，只喂了母乳。"

"夏天的热劲还没完全过去，没让孩子热着吧。"

"我一直让他在家里凉快的地方睡觉。"

"你老公怎么没来？"

"他现在还在关西出差。"

三岛问话的同时快速完成了准备。霞待在诊疗室也是碍事，被医生赶到了候诊室。

霞在候诊室也没有坐在椅子上，只是站在灯下。

苍蝇聚集在深夜突然亮起的灯火上嗡嗡飞着，仿佛在嘲笑霞。

霞的目光转向了候诊室的粉色电话。

孩子发烧事出突然，自己出门也只拿了钱包、母子健康手册和医保卡。不过钱包里有电话卡。

"对，那个人……但是现在这个时间……"

霞在犹豫要不要把这件事告诉在关西出差的丈夫。

出差之前，霞从丈夫那里听说过下榻酒店的电话号码，但也要考虑现在的时间。更何况，即使告诉丈夫，丈夫也帮不上忙。

同时，霞也惊讶地发现，自己现在同样帮不上忙。

身为孩子的亲生母亲，孩子烧成这样却帮不上忙。

甚至连发烧的原因都无法确定。

"……真不像话。"

因为自己的无力，她流下了眼泪。

"至少……"

哪怕能知道个结果呢？

不管能否得救，只要能知道它的结局。

霞把手伸向胸前，用白皙纤细的手指绕着挂在脖子上的朴素白绳。

与紧急情况无关，霞总是把"它"带在身上。

"结果是可知的。"

改写
REVISION BY HARUKA HOJO

没错，自己是可以知道结果的。

她知道那个方法。

"但是……"

就算知道了结果，可如果这个结果不如自己所愿呢？

如果这次发烧给孩子留下了治不好的病根呢？

不仅如此，如果……

"如果……那孩子他……"

霞没能把最坏的未来说出口。

诊疗室的门打开了，三岛非常焦急走出来。

"医生？"霞注意到这一点，问道，"孩子他？"

三岛看都没看霞一眼，直接拿起了候诊室电话的听筒。

三岛特意来到候诊室，应该是为了让霞听到电话里的对话，了解现在的情况吧。

"……喂？晚上打搅了。对，这里是三岛妇产科·小儿科医院。急诊……刚出生两周的……嗯……我已经没有办法了，您那边……"

听到对话的霞，有些心神不宁。

撂下电话的三岛，把手放在微微颤抖的霞的肩膀上说道：

"对不起，千秋小姐。我已经束手无策了，因为查不出病因。我给县医院打了电话，救护车马上就到，你坐车一起去县医院吧。"

"怎么会……"

霞被打到了绝望的深渊。

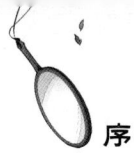

"三岛医生,您也救不了他吗?查不出病因吗?"

"老实说,查不出。"

"情况很危险吗?'保彦',他会怎么样?"

"不知道。所以要把他送到县医院去看。"

面对说话支离破碎的霞,三岛作为医生始终保持冷静,然后,用严厉的声音对霞说:

"千秋小姐,您先冷静。"三岛盯着霞的眼睛,"没关系的,就算我这边没辙了,县医院的医生也会有办法的。"

"这……"

就算自己不行,只要交给水平更高的医生就可以。

这不是每个医生都会用的借口吗?

想到这里霞咬紧了牙关。虽然有这个想法,但也不能说出来。

大约过了十分钟,救护车赶到了。霞带着"保彦"坐车出发的时候,她下定了决心。

如果连医生都束手无策,那也只能使用"那个"了。

虽然知道使用了也没法改变结果。可如果提前知道"没戏了"这个结果,自己也能彻底放弃。

"真的吗?"

救护车里,急救人员忙着照顾"保彦"。为了不被急救人员发现,正要把"那个"拿出来的霞歪起了头。

因为她发现自己现在所思考的事情很不协调。

/005/

改写

REVISION BY HARUKA HOJO

彻底……放弃？

我彻底放弃过什么事情吗？

没有，这还是第一次。别的事姑且不论，"保彦"是霞的第一个孩子，自然也就没有过彻底放弃的先例。

即便如此，霞还是会忍不住想去看，对此她也感到无法理解。

就像被命运指引着一般，霞拽起挂在脖子上的白绳，把垂在胸前的手镜拿了出来。

虽然霞想让自己的动作尽量别被其他急救人员看见，但就算被看见了，应该也不会觉得有什么可疑之处。毕竟能看到"那个"的，只有霞自己。

但是，看着它的霞整个人愣住了。

出现了令她难以置信的情况。

手镜里出现了自己，而且还是十年前穿着高中校服的自己。

"你是谁？"

她脱口而出的一句话，让十年前的自己有了回应：

"我还想问呢，你是谁？"

"……千秋，霞。"

"别说瞎话了。"十年前的霞摇了摇头，"那辆救护车上的是我的孩子吗？"

"……嗯。"

"叫什么名字？"

"'保彦'。"

这时,一位急救人员疑惑地看着霞。自己孩子发着高烧火急火燎往医院送的时候,孩子妈妈却朝着什么东西嘟嘟囔囔,这有点不像话吧。

"千秋女士?"急救人员问道,"您是千秋霞女士吧?"

"啊,是。"霞转过头说,"医院……还没到吗?"

"再过一会儿就到了。"

看来没什么问题。急救人员这么想。他觉得可能事发突然,孩子妈妈也慌了吧。和她聊了两句,确认她意识还清醒后,急救人员又回去照看"保彦"。

霞也回到与十年前的自己的对话中。

"你看,果然不是骗人的,真的结婚了!"

"结了。"霞仿佛在确认着这个事实,不停地点头,"真的结了。"

"为什么说谎啊?你应该知道,镜像的结果是没法改变的吧?"

"当然,我知道。所以,我没说谎。"

"大骗子。"十年前的霞斩钉截铁地说道,"我生的是一个女孩和一个男孩。没错,我已经从未来的镜像里看过了。所以说谎的是你!"

霞大吃一惊。

从某种程度上讲,比发现儿子发烧时还震惊。

不过,霞也做出了回击:"你才是在说谎吧……我在十年前可没

改写
REVISION
BY
HARUKA
HOJO

看到过生女孩的镜像。再说,我为什么会看到过去啊?我能看的一直也是……"

"对啊,我能看到的只有未来。"十年前的霞说出了真相,"所以说,这是我在看的镜像。为什么我会看到'十年后的我在说谎'这样一个镜像啊。"

霞此时哑口无言。

她无法反驳。她……也就是十年前的霞所说的都是真话。

所以她还不了嘴。

她说得一点儿没错。

十年前还穿着校服的霞,说出口的话一点儿错都没有。

硬要说的话。

"……我?"

"是啊。"

"错的是,我?"

"那不是当然的吗?"

"为……为什么?"

"你不是说你结婚了吗?"

"……是啊。"

"可是,为什么会这样呢?还是说这十年里制度已经变了而我不知道呢?"

"制度没有变啊。"霞摇头否定,"还是那样……"

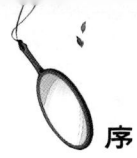

"那你不还是在说谎。"

事情，就会变成这样。

事情，真就会变成这样。

霞抓着自己的脑袋。

现在矛盾了。如果肯定十年前霞所说，那就会变成对现在自己的否定。

那，如果十年前的自己搞错了，处在过去的延长线上的现在，也一定会出现异常。

一定有谁，搞错了。

一定有谁，不正确。

耳边传来了急救人员的声音。

"千秋小姐，医院到……"

霞满身大汗，逃离了这场最糟糕的梦。

"哈……哈。"

是梦啊。

不是现实。

这个压倒性的事实，让霞打心底放松了下来。

她深呼一口气，环顾周围，仿佛在寻找这一切是梦的证据。这里是霞和丈夫租的公寓里的一个房间，时间是夜里十一点。

看了一下睡在婴儿床里的"保彦"。

改写

REVISION BY HARUKA HOJO

"……太好了。"

自己的孩子呼呼地睡着，没有发烧，脸也不红，看起来很安详，很平和。

看着孩子的睡脸，霞的表情也放松了下来。

都是梦啊。所以，在现实里没有发生。

但是，以防万一还是要确认一下。霞和梦里一样，拽起脖子上挂着的绳子，拿出手镜。

紧紧握住。

手镜，发光了。

缓缓地，发光了。

霞的表情一下变得悲伤起来。

手镜发光，就说明……

"赶紧起来……"

霞站起身，开始换衣服。

"钱包和……母子健康手册。"

这些必须准备好。

"……啊，对了。得给邦彦打个电话。"

梦里是凌晨两点，现在是晚上十一点。现在丈夫应该还醒着。

即便如此，霞的状态还是很奇怪。

她依旧做着准备，仿佛梦里的事情，接下来就要发生一样。

梦就是梦。

因为它不是现实,所以叫梦。

即便如此。

"'保彦'。"霞站在自己孩子的床头,"没事的,妈妈会救你的。"

一个小时后,千秋霞的儿子"保彦"发起了高烧。

这次,霞没有去三岛医院,而是直奔县医院。

1 现在 ①
REVISION BY HARUKA HOJO

改写
REVISION BY HARUKA HOJO

　　最终，县医院也搞不清儿子高烧的原因。万幸，医生开的退烧药正好对上了儿子的症状，烧暂时退了。霞向医生和药剂师道谢，付了诊疗费和药费后，回了家。

　　现在，霞在呼呼大睡的"保彦"身边，开始做之前积存的家务活。

　　霞不是全职太太。结婚之前她一直是书店的店员，只是现在在休产假。

　　为了不打搅孩子睡觉，霞尽量安静地打扫完家里之后，松了口气，泡了杯绿茶。这茶是住在川根的高中旧友所赠，用热水一泡，就会散发出芳香。

　　可能因为泡了这杯茶。霞又回想起昨晚自己看到的镜像。

　　十年前的自己说，现在的自己是错的……

　　霞轻轻拿出了手镜。镜子背面雕刻的细小花纹体现着它的年代感，在懂行的人眼里，它没准能值一大笔钱。

　　不过霞倒是没有卖的打算。经济上的压力再大，也绝不会卖掉这东西。

　　这面手镜，是千秋家女性代代相传的宝物。霞也是在十岁时，从

1
现在①

妈妈手里接过来的。因为妈妈说过，无论什么时候，都要把它带在身边，绝对不能卖掉。所以霞直到现在这个年龄，无论去哪里，都一定会带着它。

虽然妈妈知道霞一定拿着这面手镜，不过对是否使用了镜像，她并不知情，她在霞二十岁的时候就因病去世了。说到霞的双亲，因为父亲也在霞结婚前一年去世了，所以现在算得上霞亲人的，只有丈夫邦彦，以及儿子"保彦"。

镜像，也就是预知未来。

霞可以在千秋家代代相传的手镜里，看到未来。

基本没有条件和限制。随时随地，想看的时候就拿出镜子，"请告诉我，这件事以后会变成怎么样"啊，"请告诉我，大概一个小时后，我会在哪里，做什么"啊，只要许个愿，镜子就会回答她。小时候看动画片的时候，霞就联想到了镜子，"这是一面魔法手镜，所以不能跟任何人说。"

尽管如此，她还是将这件事告诉了丈夫，但也是通过这面镜子，两人结婚了。

两人是青梅竹马，都是静冈兴津生人，在同一所学校上学，高中毕业的时候开始交往，邦彦就职，生活稳定下来之后，两人就开始同居。而缘起还要说到初中时，霞一个人无意间盯着镜子，邦彦来搭话。

"嗯？这面镜子，我也有个一模一样的。"

改写

REVISION BY HARUKA HOJO

"真的吗?"

"嗯,老爸给我的。说是传男不传女。"

"能给我看看吗?"

"哎呀,现在不行,我放家里了。"

看来邦彦的镜子不用随身带着。

"而且老爸还说,最好别随身带着。好像因为我这面镜子是不能移动的。"

"哦……"霞有些感慨,"其实呢,这面镜子……"

就这样,霞把这个秘密告诉了未来成为自己丈夫的男人。

所以,当霞从手镜里看到她和邦彦结婚的未来时,邦彦倒很不以为意。

"从镜像里看到了啊,那就这样吧。"

……求婚时差不多就是这么一句不咸不淡的话,也挺少见的吧。

顺便一提,他的镜子真只是普通的手镜,没法预知未来。实际上霞的镜子和邦彦的镜子,原本就是一对。霞能预知未来的话,邦彦应该能看到过去,这种小说一样的设定并不存在。

问题就来了。

为什么能看到未来?霞完全不理解。

原理也好道理也罢,毫无头绪。妈妈还在世的时候,霞也问过这面镜子到底是什么东西,有什么由来或者口口相传的故事,但无论怎么问,妈妈只会说:

1
现在①

"我也没听说过这些，只知道我们家的女性，必须随身带着它。"

镜子是一对这件事情也很不可思议，霞自然也问过：

"说是我们家的女性，我要是有妹妹了怎么办？还有第二面镜子吗？"

"不会有这种情况。"母亲摇摇头。

"我们家是绝对不会发生这种事情的。"

这句话当时虽然完全没听懂，但现在，霞好像有点明白了。

可是……霞看向熟睡的"保彦"。

如果我家绝对是"这样"的话，这孩子就成了例外。

十年前的那个"霞"也是这么说的。

霞下意识地，看着镜子，祈祷着。

"希望这孩子未来能健康幸福。"

镜子做出回应，微微发光。

虽然能看到未来，但想想也知道，不可能每次看到的都是积极的东西。"保彦"发烧这事也一样，如果未来有"讨厌的事"等着你，镜子虽然可以做出警告，但并不能阻止这种未来发生。

实际上，母亲的病逝，父亲的事故，霞事先都从镜子里看到了，但依旧无法阻止它的发生。

镜子发着光，宣告着未来。

这是三十分钟后的未来。丈夫邦彦回到家。

改写

REVISION BY HARUKA HOJO

"我回来了!'保彦',爸爸回来了哦。"

他一边说着,一边蹭着儿子的脸。

邦彦是个大块头,肤色略黑,在商贸公司跑业务,虽然平时西装革履……但总是被同事们挖苦说:"你的脸跟体格怎么看都是工地的搬砖小哥啊。"

"唔。"

霞看到这个未来后,开始做午饭。在看到未来之前,她一直以为邦彦要到下午才能回来。

果不其然三十分钟后,丈夫回来了。

"我回来了!'保彦',爸爸回来了哦。"

霞看着丈夫蹭儿子的脸,微笑着说:"今天真早啊。我以为你得下午才能回来呢。"

"工作早早干完了,上司说直接回家就行。要回公司一趟的话,那估计是得到下午了。"

邦彦看妻子正在做午饭,嘿嘿一笑。

"霞的玩意儿,真方便啊。"

"偶尔也会看到不好的事就是了。"霞苦笑着说。

"怕啥,不好的未来无视不就得了。"说着,丈夫抱起了儿子。

"啊,对了,'保彦'出生了,那我也得把那面镜子传给'保彦'啊。"

"嗯,确实……"

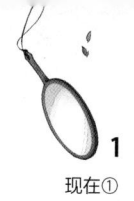

1
现在①

邦彦也有他要传给儿子的东西。

因为他的父亲也是这么做的。

不过，接下来丈夫的一句话让她吓了一跳。

"那得先从一条先生家赎回来啊。"

"……啥？！"

这话实在超乎霞的预料，把备好的葱末都弄撒了。

"等，等下，赎回来……难道，你把镜子卖了？"

"嗯。"邦彦老实地承认了，"因为老爸跟我说，我拿着镜子会出事，所以让我一成年就卖了，等有了孩子再赎回来。"

"爸爸要是这么说的话……那就没办法了。"霞叹了口气，继续做午饭，"我以为你是因为缺钱才把它卖了呢。"

"真要这样，我肯定先跟你商量啊。"

"也是。"

一条家是这一片无人不知的名门，山里还有大豪宅。

两人一边吃乌冬面，一边商量。

"但是，一条先生会还给咱们吗？"

"嗯，他买的时候我也没高价卖，只要咱家不是掏不起钱，跟他说咱们要赎，应该会还给我们的吧。"

两人继续吃乌冬面。

当然饭后，霞让醒来的儿子饱饱地吃了一顿母乳。

下午，邦彦不用去上班，夫妇两个抱着自家爱子一起聊该买什么

改写
REVISION
BY
HARUKA
HOJO

东西……什么样的婴儿车啦，什么样的衣服啦，还有"保彦"以后上哪所小学啦，参加什么社团啦，他们开心地讨论着。

安稳的生活，到此为止。

能被允许的，仅有这些。

"保彦"出生两周后，被认定为例外，就这样。

这或许是神赐予这对可怜夫妻的一点点恩惠。

现在的时间是1992年秋天。

上个季节，两人从报纸上看到过同属静冈县的冈部发生了一起事件。但就连能看到未来的霞也想象不到，那起事件的起因就是他们两个。

冈部町某个学校的旧校舍。

那突然崩坏的"过去"，起因竟是他们两人的"未来"。这个时候的霞和邦彦确实想象不到。

这天晚上，霞还在梦里见到了十年后的自己……十年后的未来。

十年后的自己没有和邦彦结婚。

自然也没有生下"保彦"这个孩子。

那么"保彦"究竟是从哪里来的呢？

这就得说道说道了。

在梦里，霞是全职太太。

1
现在①

生了两个孩子，人已中年。不过，伴侣并不是邦彦。

梦里的场景是一个富裕家庭的客厅。视角应该是在客厅的某个架子上吧。霞的手镜就挂在那里。

"……挂在柜子上？"

霞被自己说的话吓了一跳。

妈妈可是说过这东西要寸步不离身啊。

十年后的自己……也就是三十七岁的自己看上去很幸福。两个孩子长得都很可爱。也许是因为孩子正值发育期，晚饭吃的量可真不少。旁边还坐着一位丈夫模样的男人喝着啤酒。

"……为什么？"

霞又自言自语道。

她理解这是梦了。只不过自己是从那个手镜里的视角看着"十年后"的情况。

那这个，应该就是镜像。

是预知未来。

十年后的自己，找了一个不是邦彦的男人做丈夫，生了两个不是"保彦"的孩子。

如果是这样的话，"保彦"会怎么样？

要和邦彦分手了吗？

"等一下！"

霞从镜中发问了。

/021/

改写

REVISION BY HARUKA HOJO

　　孩子们可能是回房间睡觉了，没在客厅。虽然现在还没到深夜，但貌似是丈夫的男人也不在。客厅里，只有正在洗着盘子的十年后的霞。

　　霞朝着十年后的霞，问道：

　　"'保彦'怎么了？为什么我和别人结婚了？"

　　十年后的霞好像注意到了什么抬起头。然后环视客厅一周。

　　"……啊。"

　　她发出声音。

　　十年后的自己走到架子前，伸手取下手镜。

　　镜子上映着的脸，毫无疑问是自己。霞很清楚这一点。

　　"你是十年前的我，对吧？"

　　"是啊。"

　　"你通过镜像看着我，对吧？"

　　"是啊……回答我的问题。"

　　在回答之前，十年后的霞一脸悲伤地说：

　　"现在马上，不要再用镜像了。"

　　"……呃，为、为什么？"

　　霞沉吟道。

　　为什么？

　　这可是只有自己才能看到的未来世界。

　　在未来世界里的自己说不要再用。

1
现在①

矛盾了。

"也不要随身拿着手镜了。"

"为什么啊!"

"你冷静思考一下……看见未来的能力真的能给人带来幸福吗?"

十年后的自己用一副打心底感到悲伤的表情,告诫道:

"我已经看过好多次讨厌的未来了,爸爸妈妈死掉的未来也看到了,但是我阻止不了……从那一刻开始,我就不再使用镜像了,所以我才能活到现在。"

"所……以?"

她这话的意思,霞没能理解。

"那'保彦'呢?"霞问道,"那孩子怎么样了!"

"……'保彦'?"十年后的自己,歪着头,"你说的谁啊?"

"我和邦彦的儿子啊!"

"……哦,是这么回事啊。"

唉。十年后的自己长长叹了一口气。

"真可怜……你居然生下来了啊。"

"……"

"我没生过那孩子。所以不知道这个名字。这样啊,要是生了的话,叫'保彦'啊……"

"没……生?"

和那个女孩一样。

改写

REVISION BY HARUKA HOJO

十年前的自己也说过,自己没看到生下"保彦"的未来镜像。

"要是生下来的话,就已经没救了吧……"

十年后的自己,把手镜放回架子上。

"等一下!"

很明显,对方已经不想聊下去了。

"为什么?为什么不能把那个孩子生下来啊?"

"你用常识思考,就能明白吧。"

"这……"

"我已经改姓了,不姓千秋。所以不需要这面手镜了。虽然我有一个女儿,但我不会让她继承的。"

然后,十年后的自己回过头来,继续说道:

"这样啊,你现在在睡觉吗?是在梦里用的镜像?因为你戴着镜子睡觉,所以才会发生这种情况。现在马上把镜子摘下来吧。这样的话可能还来得及。"

"都说了为什么要这样……"

"因为等真的发生就晚了。"

她的表情真的非常悲伤。

"你想,你有预知未来的能力对吧。但是,人归根结底也只能活在当下。窥探未来,抢占时间,总有一天,那些会降临到你自己身上。"

这话说得霞一头雾水。

"现在马上起床,把镜子摘下来……我能说的就这些。"

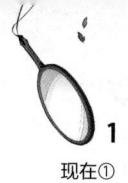

1
现在①

"等一下……"

霞再怎么喊，十年后的自己也没有回头，直接走出了客厅。

过了一会儿，她又回到客厅，但手里拿着一个大锤子。

十年后的自己把一脸震惊的霞抛在一边，把镜子放在桌上直接一锤。

霞一下就明白了她想干什么。

"没搞错吧？"霞大叫着说，"为什么要砸它啊？"

"这就是我要对你说的话。"

不知道为什么，能从这句话里听出一丝慈悲之心。

"听好哦？现在马上，把镜子摘下来……"

锤子，砸在镜子上。

霞的梦，也被砸成了碎片。

"呃！"

霞惊坐起来。

现在是凌晨三点。房间里一片昏暗。

霞拼命瞪大眼睛，寻找躺在自己身边的两位男性。

拼命寻找着，被十年后的自己否定的邦彦和"保彦"。

当然，两人都在。睡得很香。霞也不管这些紧紧抱住"保彦"。

为什么每个人都要否定他呢？

这个小生命确确实实就在这里，脉搏跳动着，血液循环着，吃着

改写

REVISION BY HARUKA HOJO

我的奶,活在世界上。

太不讲理了,霞如此想到。

"我没生过那孩子。"

胡说。霞觉得那个女人做了个愚蠢的选择。

你们任何人都休想否定这个孩子的出生。

昏暗中,身为一位母亲,霞下定了决心。

所以,霞没听十年前的她的话,依旧镜不离身。

今后,会有怎样的未来等着她呢……

"保彦"可能还病着呢。实际在昨天晚上,就发了原因不明的高烧。

没准多亏提前看到了这个未来,不是把他送到三岛医院,而是直接送到县医院才救了他一命。

如果送到三岛医院,再从三岛医院坐救护车过去,可能就来不及了。

那样并不能保证"保彦"得救。

但多亏了镜子,"保彦"得救了。

正因为能看到未来,我家孩子的命才能保住。

在天还没亮的这段时间,霞紧紧抱着孩子和镜子。

为了守护这孩子的未来,我需要这个力量。霞下了这样的结论。

不过与此同时,她注意到了一桩无法解释的事情。

未来镜像里的自己,一开始带着"保彦"去了离家最近的三岛医

1

现在①

院。如果没通过镜像提前看到这一幕,霞应该也会这样做吧。从一开始,霞就没想过去又远,看病又贵的县医院吧。

如果是这样的话,这个未来去哪里了呢?

"从一开始……"

如果一开始去三岛医院的话?

反正,最后还得去县医院吧。

霞做的事情,不过是稍稍地……错开了一点时间。

只是稍稍……争取了一点时间。

也没有在那个时间把三岛医生叫起来。

不过,如果那个时间,有"保彦"以外的急病患者去了三岛医院呢?

三岛医生当时还在睡觉。所以会多花时间起床准备。

也就是说,这是不是等于霞抢走了用来给病人治疗的时间呢?

能治好就行。

只要能救过来,不差这几分钟。

可是,如果那个人死了呢?

因为霞"没来",有人死了呢?

霞恍恍惚惚想到了这些,马上又摇摇头,甩掉这些念头。

可能出现的未来,这种事情想了也是白想。

不过,把"保彦"放回婴儿床,自己正要回到被窝的时候,刚才梦里无意间的一句话,又戳在了霞的心里。

改写
REVISION BY HARUKA HOJO

"窥探未来,抢占时间,总有一天,那些会降临到你自己身上。"

"那些"指的是什么,她没有说。

当然,霞也没想过,那些究竟是什么。

第二天"那些"开始发生,但她的镜子并没有告诉她未来。

一开始是在县医院。

前天,医院给"保彦"只开了一天的药量。所以,霞为了让孩子再发烧的时候有药吃,把"保彦"送到附近的托儿所后,又去了一趟县医院。

而医院前台的反应很奇怪。

"我是千秋。"

霞对着前台自报家门。

"之前受贵院照顾了。这次能不能麻烦您把当时开的药,再开一份呢?"

前台的女性反应有些冷淡。

"不好意思,您能不能再说一遍名字……"

"千秋,霞。"发现自己说错了,霞赶忙订正道,"啊,患者的名字是吧,'保彦',千秋'保彦'。"

"'保彦'……千秋……"

女前台翻着患者簿。

"没有啊。如果您是第一次就诊,请出示保险证……"

1

现在①

"什么?"霞反而吃了一惊,"不会不会,就是千秋。前天晚上,我把孩子带到您家医院看病来着。"

当时负责接待的女性确实是这个人。虽然没看过她的名牌,但霞有印象,当时诊疗费和药费是在她这里交的。

"前天是让这个医院儿科的高桥医生看的。"

"……我们医院儿科,没有叫高桥的大夫啊?"

"什么?"

"倒是有叫棚桥的……"

"不,是叫'高桥'。这个不会搞错的。是个戴着眼镜,个子高高的男医生,四十多岁。"

"……泌尿科倒是有叫高桥的医生,但她是女性。"

这把霞给搞蒙了。

是这个医院没错啊。把"保彦"带到这里,让高桥医生看病开药。当时付款的时候毫无疑问也是眼前这位女性帮忙弄的,但她说她没印象了。

可能是因为县医院来的病人多,没法把每个病人都记住吧。

但是,来看过病应该院里会留病历。

霞让女前台再重新查一遍名字、住址、电话号码什么的,但对方查完却说,没有查到前天"保彦"来看过病的记录。而且霞口中的当天晚上负责治疗的医生也没找到。

没有病历,有可能是医院保管不当。

/029/

改写

REVISION
BY
HARUKA
HOJO

但两天前还在医院看病的高桥医生居然也没找到。

"是不是高桥医生昨天从医院辞职了？"

"昨天没有辞职的医生啊。"

霞无法理解现在的情况。

不过本来的目的也不是找高桥医生。霞有点自暴自弃地把药方拿给前台看。

"那至少请您帮我开一下方子上的药吧。"

"您稍等。"

女前台走到里面去了，霞坐在候诊室的椅子上，告诉自己冷静下来，她的脑子现在一片混乱。

完全搞不懂。

明明就是这家医院啊。

听到有人叫自己的名字，霞站了起来。前台那边除了刚才的女性，还站着一位男性。看到这位男性之后，霞脱口而出：

"高桥医生。"

是前天给"保彦"看病的高桥医生。

"搞什么啊，人不是在嘛。"

"不是的。"女前台马上摇了摇头，否定了霞。"他确实是高桥，但不是医生，是药剂师。"

"什……"

前台不管霞现在的一脸惊讶，用平淡的语调开始说明：

1

现在①

"然后，您说的这个药……我让高桥查了一下，他说他也不清楚。"

高桥点点头。

"这种药根本不存在。"

"怎么可能！"

明明就是这个人，这位高桥医生开的药啊。他本人却说不知道，简直难以置信。

"……这个药是什么形状的？是胶囊？还是液体？"

"是片状的。"

霞把记忆里的情况都告诉了对方。

"是吃的药。紫色的，有味道。味道是薰衣草味的……"

"我没听说过这种药。这张处方确实是我们医院开的，但我们儿科没有叫高桥的医生吧？"

药剂师高桥又向女前台确认了一遍，然后问道：

"……不好意思，千秋女士，是谁给您家孩子看的病呢？"

是你。但这句话，霞无论如何都说不出口。

理解不了情况，药也没开到，霞去托儿所接了儿子回家，不知道为什么，明明是工作日，丈夫却在家。

而且，不知道为什么，他心情非常差。

"什么玩意儿。"

改写

REVISION
BY
HARUKA
HOJO

邦彦说起了今天早上发生的事情。

他在静冈市的一家商贸公司上班。今天早上，他和往常一样去公司，但正要坐到自己工位上的时候，被熟识的保安拦住了。

"保安同志是找你有事吗？"

"才不是呢。"

邦彦焦躁地继续说。

他说，谁都不认识他了。

谁都不承认有邦彦这么一号人。

昨天还跟哥们一样聊天的同事，给他下指示的上司，每天早上互相打招呼的前台小姑娘，员工食堂里相熟的打饭阿姨，当然也包括这位保安。

"他们一个个都说不记得，不认识，这人谁啊。"邦彦语气十分不爽，"都说了是我，是我，千秋邦彦。这家公司的员工。"

就算把员工证这个证据拿出来给他们看，也没人接受他。

你是谁啊？

一起上班来着？说瞎话。

你要坐的位置，那是人家樱井的。谁认识你啊。

——出去。

事情就是这样。

"什么玩意儿啊，这帮畜生。"说到这里，邦彦咬紧了牙关，

1

现在①

"我以为他们是绕着弯子炒我鱿鱼，还去问了上司，但好像事情不是这样的。他们也不像是在演戏。大家，真的，把我……把昨天还一块上班的我给……"

不知道。

没见过你，也没听过你的名字。

"被赶出公司了……"

看来霞还要再花点时间，才能把自己遇到了同样的事情告诉丈夫。

两人现在都陷入了混乱之中。

经过短暂的讨论，两人一致认为还是应该向公司抗议。毕竟没接到解约通知，那就应该这么做。邦彦的事就先这样。

"给'保彦'看病的高桥医生，会不会换工作了？"

"但是给他看他本人写的处方，他也说他不知道这是什么药。"

应该不是记忆被修改了。单用记忆被修改，解释不清高桥医生现在发生的异常。

要想说通这一切，只能用这一个解释。

过去变了。

"……不会吧。"

霞站起身，打了个电话。邦彦几分钟后看到妻子消沉的样子，将信将疑地问：

"……难道你也是？"

改写

REVISION BY HARUKA HOJO

霞垂下了头："我给书店打了个电话，说是在那里上班的千秋，现在休产假的千秋，想问问什么时候回去复工。可是……"

是哪位？亲爱的？

我们店里没有叫千秋的店员。

也没有休产假的。

"那您这里有叫榊，或者叫佐藤的店员吗？"

没有榊，但是有佐藤。

不是，佐藤不是女性。是男的。

您在说什么呢？这些都是谁啊？

问这番话的人的声音，也和霞所知的店长声音不同。

"短短一天里，怎么什么都变了！"

为什么会发生这种事情？

为什么没有任何人认识我们了？

霞和邦彦陷入了无计可施的困境。

像这种时候，霞基本会无意识地依赖那面手镜。

只要知道未来。

只要知道结果。

霞相信它能与仅存的希望联系上。

但是现在，她想知道的并不是未来。

她想知道的是变成这样的原因……也就是过去的事情。

霞的手镜可以告诉她未来，但不会诉说过去。

1

现在①

霞虽然很清楚这一点，但还是把手伸向了镜子。

只要伸出求救之手，镜子一定会给自己答案。

镜子告知了未来。

向霞展示了最糟糕的未来。

这个"未来"让霞瞠目结舌。

根本无法相信。既不想看，也不愿去想。甚至都开始讨厌抚摸这面手镜。

霞甚至觉得，这面能给她展示未来的手镜是如此可憎。

"老，老公……"

"怎么了？"邦彦还抱着"保彦"，"镜像吗？你又看见什么未来了？……求你了，你可别再跟我说更搞不明白的事了啊！"

"死、了。"

"啥？"

"'保彦'……死了！"

听到这句话的瞬间，"保彦"又发起了高烧。

2
未来①

REVISION BY HARUKA HOJO

改写

REVISION BY HARUKA HOJO

　　总之,必须先去看医生。霞和邦彦冲出家门,在路上拦了一辆出租车。钻上车后,霞对司机说:

　　"去三岛医院。嗯,公租房对面那边的……"

　　司机听明白了地址,开车出发。与此同时,邦彦好像注意到了什么,朝公寓的方向看。

　　"坏了,应该先给医院打个电话的。"

　　"啊!是啊。"

　　霞也有点后悔,但现在全家都已经出门,来不及了。

　　1992年的秋天。

　　如果这时给三岛医院打了电话,事情没准会稍微往别的方向发展。但不管怎么说,这可能不会对两人的选择产生任何影响。

　　到了三岛医院之后,两人根据路上商量的分工,霞先下车进医院,邦彦留在车里付车钱。

　　霞在医院前面的路上跑着,因为现在的就诊时间和镜像里看到的不同,所以她毫不犹豫地推开院门。

　　但好像,有什么地方搞错了。

　　总感觉,有些不对劲。

2

她所知道的三岛医院的情况和现实中医院的气氛,多少有些不同。

"有男人的声音。"

妇产科·小儿科有个男性的声音并不奇怪,但人数太多了。

一般来说到妇产科·小儿科的男性,不是孕妇的伴侣,就是爸爸或者小男孩吧。但无论是哪类人,都不会像现在这么吵。

而且,霞刚拉开了院门的一条缝,耳边的声音听起来就像在赶集一样。

现在没工夫去琢磨这些异常的地方。

"保彦"要死了。

在镜像里,她看到了。

"三岛医生,我是千秋。"

霞推开院门的同时,如此喊道:

"'保彦'又开始发烧……"

她觉得说错话了。

霞只在未来镜像里去过三岛医院。因为她从一开始就知道这个医院治不了自己的孩子,所以现实中的霞,并没有在"保彦"发烧后来过这里。

"又"这个字是多余的,但现在没工夫咬文嚼字。

首先,开门之后,她正好碰上一位可能是看完病正要回家的患者。急急忙忙往里冲的霞差点和人家撞上。

改写

REVISION BY HARUKA HOJO

"——哎哟!"

"啊,对不……"

差点撞上的是个老头子。

"喂喂喂,走路看着点啊。"

医院里面的硬件设施并没有变化。

一间小小的诊疗室,放着粉色电话的候诊室。

里面的患者,可是完全变了。

但是,等待治疗的患者们,反倒在用一种看怪人的眼光盯着霞。

为什么要把婴儿带到这里来呢?

如果女人想看病的话,为什么要带婴儿来呢?

婴儿可不能来这看病。因为婴儿还没长那东西嘛。

前台的女性发现了,好心向霞搭话。

"是哪位需要治疗呢?不会是小婴儿吧?"

"保彦"此时因为发烧,满脸通红。

霞觉得但凡看到这个情况,谁需要治疗一眼便知吧。

这时,晚进候诊室的邦彦,抓住了霞的肩膀。

"霞……"邦彦像是看到了什么可怕的东西一样声音颤抖着,"这是,什么情况啊……"

霞是在三岛医院生的"保彦"。自然邦彦也来过这个医院,也见过三岛医生。

霞看着邦彦手指的方向,大吃一惊。

2

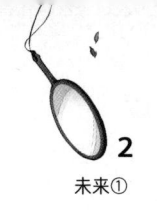

前台的牌子上写的是"三岛牙科医院"。

"怎么了?"

一个男人的声音响起。转头一看,从诊疗室里走出一位穿白大褂的壮年男人。

男人看着霞和邦彦,问前台的女性。

"初次就诊的患者?已经挂号了吗?"

霞用颤抖的声音问道:"这里是三岛医院吧。"

"是啊。"

"是三岛妇产科·小儿科医院对吧?"

推测大概应该是院长的男人,一副不可思议的表情。

"你说什么呢?看不见前台的牌子啊?"

"我听说三岛医生有个弟弟在当牙医。"

邦彦这么一说,霞也没法接话。

这家医院直到昨天还是三岛妇产科·小儿科医院。

可现在变成了牙科医院。

变了。

过去,被改变了。

邦彦走到院长似的男人身边,跟他解释了一下情况。

"我能理解您这边的难处,可是……"

院长看着霞和霞怀里的"保彦",说道:

"我们是牙科医院,您带着婴儿来,我们也没法给他看啊。"

改写

REVISION BY HARUKA HOJO

"您是三岛医生的弟弟吧？您知道您那位做妇产科医生的姐姐去哪儿了吗？"

听了邦彦的话，院长再次露出了不理解的表情。

"您说什么呢？我没有姐姐啊。"

"但，但这里……"

的确，应该是妇产科医院啊。

"不好意思，我已经在这里当了二十年牙科医生了。"

这样的话，只能去县医院了。

两人又拦了一辆出租车，告诉司机目的地。

霞在车上紧紧抱着"保彦"。

药是紫色的，有薰衣草的香味。

明明只要有那片药，就能把孩子从痛苦中解救出来。

但是，药已经没有了。

散落在时间的夹缝里，失踪了。

到了县医院，跟前台说明情况，但依旧和早上情况相同。

"请您说一下主治医生的姓名。"

"不是都说过了，儿科的高桥医生啊！"

"但是，本院只有泌尿科有位高桥医生。"

霞和前台的女人，又重复了一遍之前的对话。

"霞。"邦彦用冷静的声音说道，"先别管那个医生了。总之先

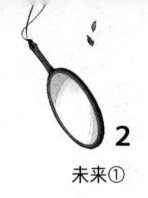

拜托她安排个医生给'保彦'看病。"

霞也知道现在应该这么做。

但是，霞不由得想起上次来看病的时候，也没查出个所以然，很担心这次让医生看，还是一样白费工夫。

现在需要的不是医生。

现在需要的是那个薰衣草味的药。

果不其然，医生看过之后，还是搞不清"保彦"发烧的原因。

不知道原因的同时，还没有特效药。"保彦"又是个刚出生的孩子，就算说让医生给他治疗，也是在为难人家吧。

"我建议，让孩子住院。"

这位叫赤木的新主治女医生说道：

"因为现在没法确定发烧的原因，如果不把孩子放到一个可以随时接受治疗的环境里，可能会很危险。"

霞垂下头，点了一下。因为人家医生说得确实有道理。

但这意味着现阶段，县医院也没法救"保彦"。

绝望感和倦怠感一起涌上霞的心头也是正常的。

"那我先去办住院的手续……霞，你就先陪在'保彦'身边。还有……"

邦彦凑到霞耳边，用外人听不到的声音说：

"不要再使用镜像了。至少'保彦'这件事别用了……没准能救回来的。不，一定会救回来的。"

改写

REVISION BY HARUKA HOJO

所以,即使预知了我们孩子的死亡也不要绝望。

丈夫想说的,应该就是这个意思吧。

但是,这句话对霞却起了反效果。

邦彦说的是对的。现在正被绝望折磨的霞,也能理解。

她坐在医院充满药味的候诊室椅子上,手指自然而然伸向了脖子。

往来的患者、医生、护士、探病的客人。

一群群不知道自己帮不帮得上忙的人;一群群无法预测病治不治得好的人。

"……可我不一样。"

霞用谁都听不到的声音,轻声说。

"……我可以知道的。"

从哪里,传来了孩子的哭声。

"只要去看,就能知道!"

只要有救孩子的办法。

那就不需要犹豫。

这世上有知晓如何看到未来,但不用它救自己孩子的家长吗?

霞掏出镜子,开始许愿。

请您让我看到未来。

让我看到"保彦"得救,茁壮成长的未来。

镜子做出回应。

2

未来①

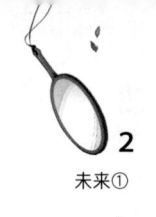

只是，回应得过头了。

看着镜像，霞的头脑一片混乱。

霞没想到居然看到了"这样"一个未来。

"这是什么……"

自己的孩子"保彦"长大了，大概是初中二年级的学生吧。

在一个陌生的城市，但估计还是静冈县。看到沿着山谷蔓延的茶田就能明白。

"保彦"在这个城市里。

而且，有好多。

"……呃……什么情况？"

"保彦"在那边的角落里。和他的哥儿们一起走在路上。

图书馆里也有"保彦"。这次是和女同学一起看书。

旧校舍里也有"保彦"。一层有三个，二层有四个，图书馆有一个，办公室有一个，在整个走廊上，一共有八个。

有好几个"保彦"。

太多了吧。

霞的过度呼吸症发作了。

无法理解的情况大量塞进大脑，身体产生抵触反应也是正常的。

"您没事吧？"

路过的护士用手扶着霞的肩膀。

改写
REVISION BY HARUKA HOJO

"没关系,谢谢。"

"您的主治医生是哪位?"

"不,我不是患者。我没事。"

从镜像中暂时回到现实的霞搪塞了一下,护士一边担心着往这边看,一边走掉了。

那是什么情况。

为什么会发生这样的事情?

"……十九人。"

能看到的,能看到的"保彦"就有这么多。

同一时空,同一城市,同一学校。

霞,再一次发动了镜像。意识再次跳跃到和刚才相同的时代。

城市郊区的森林里也有"保彦"。

像是他朋友,皮肤黝黑的少年说道:

"第二十八人,结束。"

观测未来的霞,根本无法相信眼前的场景。

因为"保彦"只在这里出现了一瞬间。

"樱井同学那边已经处理完了。"

"这样啊,那接下来……这个时间加藤在学校楼顶,去那边吧。"

"收到,走了。"

现在已经摸不着头脑了,可接下来黝黑少年的一句话,让霞更加混乱。

2

未来①

"这样班里一半人就解决了。啊,真够麻烦的。"

这个少年,活动了一下脖子说:

"真没想到,1992年的夏天会变成这样啊。"

1992年的夏天?

那不是已经过去了吗?

现在是1992年的秋天了。

"为什么……"

自己能做的是预知未来。

看不到过去的。

但镜像里的少年说"现在"是1992年的夏天。

这是什么情况?

下一个瞬间,镜子裂开了。

至少在霞眼里是这样的。

但是,出现裂缝的地方,又被什么东西粘了回来。

在裂痕的镜子对面,出现了比前几天看到的十年后的自己更苍老一点的面容。

"你还在用啊。"

"你,你是……"

"是啊,就是把镜子敲碎的我。"

"为什么……"

"我拿透明胶带缠了一下,好像还能用。"

改写
REVISION BY HARUKA HOJO

"透……"

这东西修起来还真方便啊。

"我不是跟你说过不要再用镜像了吗？"

"可'保彦'快死了啊！"

"所以，我不是说了吗？就没有这么个孩子。没有才是对的。"

"有的……有很多。"

"很多？"

"有很多……在过去。"

未来的霞看着在1992年十分动摇的自己，表情凝重。

"你啊，这都是因为你，你都明白吧。"

"因为我？"

"因为你使用了能看到未来的镜像，导致时空往奇怪的方向扭曲了。"

"这是……"

"我之前就注意到了。"十年后的自己，用疲惫的声音说，"通过镜像和你接触的时候，我就想到了。为什么我不光能看到未来，还能看到过去呢？这很奇怪啊？这面镜子是用来知晓未来的。但在现实里，未来的我，可以和过去的我接触。这太奇怪了，这不符合常理。"

"你到底想说什么，你现在不也在通过'过去'窥探未来吗？"

"不过这么解释的话，我发现不自然的事情也就没那么不自然

了。……简单来说，时间就是一个'环'。你从起点出发，最后终点也还是刚才的起点。过去是未来，未来也是过去。"

"要是这样的话，现在又在哪里？"

"就在那里哦。"

未来伸出手指，指向现在。

"你说过，你那里就是现在吧。但是，在我看来现在在我这里。"

"所以呢？"

"你还没懂啊。根本没有什么现在。它只不过是让你把现在当成现在的词语罢了。"

"你到底想说什么……"

"按照这个道理，现在就不存在了，就消失了。镜像用得太多就会变成这样。你想啊，你看到的真的是未来吗？但是，对我来说，这里不是未来，而是现在哦。如果让过去的你来看的话，现在的你也是未来哦。"

"用我听得懂的话解释啊！"

一大套云里雾里的话把霞听烦了，她大吼着说。

"虽然能看到未来，但我们也不能去改变现在。不然一定会出现异常的。"

霞心里是有头绪的。

不存在的儿科医生高桥。他"现在"是药剂师。

过去的三岛医院是妇产科·小儿科医院，"现在"三岛医院是牙

改写

REVISION BY HARUKA HOJO

科医院。

为什么过去改变了？

"看来你心里有数啊。"

我只是想救"保彦"而已。

为什么救"保彦"会改变过去？

"你去看未来，过去就会改变。所以不能用镜像的。"

"也就是说，我看了未来，就会改变其他人的过去？"

"就是这样。负不起责任的力量，就不应该去使用。"

那看来是有救的。

能救回来的。

未来的霞，用怀疑的眼光盯着现在的霞。

"住手吧。"

"能救回来……"

"救不回来的！那会……"

"我的话，可以的……"

"你知道的吧？那意味着……"

"只要负起责任，就行了吧？"

"别说蠢话了！"

未来的霞，把手伸向现在的霞。

手穿过镜子，抓住镜像中霞的脖子。

"为……为什么？"

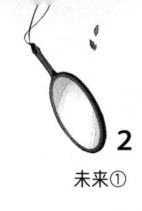

"这不是废话吗！我属于我自己啊！"

但是，现实不讲什么时空的规律，跟这些没关系。

二十多岁的霞肯定比三十多岁的霞劲儿大。

霞顶回镜中自己的抵抗，把手推回了镜子。

这时，三十多岁的霞的手指钩住了二十多岁霞的右手腕。

与此同时，三十多岁的霞右腕同样位置，出现了一道疤。

"……果然！"

霞激动地颤抖着。反观未来的霞，则一副被背叛了的表情大喊：

"住手——"

未来的霞的话，没有传达到。

因为现在的霞，故意强行打断了镜像。

霞出了一身汗，正要从包里拿毛巾擦汗时，眼前出现了一条她见过的毛巾。

"老公……"

邦彦坐到霞的身边。

霞接过邦彦的毛巾，擦了擦脸和后背。

"我觉得你应该在用镜像，就在旁边老老实实等了一会儿……为什么不守约啊。不是说不要用镜像了吗？"

"我又没答应不再用了。"霞没想应这个话题，继续说道，"对了，我想到了个好主意，再用一下。"

改写

REVISION BY HARUKA HOJO

"不是用来看'保彦'的未来吧?"

"不是,就是有人来捣乱。"

"捣乱?"

"总之,再给我点时间。"

霞再次进入镜像中。

这是医院的病房。

"保彦"躺在床上。呼呼地发出安稳的呼噜声。

看到这些,霞松了口气。

轻轻走出病房到隔壁病房,从像是患者的老爷爷看的报纸上,确认镜像里今天的日期。

这里,按霞现在的时间开始算,应该是一周之后。

走廊里的护士们看起来慌慌张张的。

"千秋家的……"

"那孩子,怎么了?"

"总之先叫医生来。"

听到这些,霞又回到了"保彦"的病房。

"保彦"被高烧折磨着。

果然没治好啊。

看来除了紫色的药片外,没有其他办法能救"保彦"。

赤木医生很快赶了过来,看了看"保彦"的情况后,只是摇了

2
未来①

摇头。

"联系上千秋夫妇了吗?"

"打电话过去都是语音留言。"

"今天不是说来陪床吗?"

"按理说是这样,但是问过前台,好像没有来。"

是吗,自己没来啊。

在未来,自己来不了这间病房啊。

"这可麻烦了。"

赤木医生看着体温计,瞪大了眼睛。

"……都超过38摄氏度了。这样下去的话……"

这时,其他护士过来问赤木医生:

"还是不行吗?"

"现在查不清原因,没法治啊。"

医生、护士都呆立在原地。

看到这些,霞想起了在三岛医院的候诊室里,自己因为无力而感到绝望的"镜像"。

"果然,救不回来吗?"

"快联系千秋家!再这样下去真要看最后一眼了!"

病房里回响着赤木医生悲壮的声音。

"会死吗?"

霞把手伸向了镜像里的孩子。

改写

REVISION BY HARUKA HOJO

她知道。她是摸不到他的。

自己能做到的，只有看而已。

"真的救不回来了吗？就没留下能救他的未来吗？为什么？"

为什么？霞嘟囔完之后，现场的护士也用这句话问医生。

"医生，为什么会这样？这到底是什么病？"

"恐怕不是一般的病。"赤木医生摇摇头说，"我觉得是……遗传病。"

"遗传……"

霞嘟囔着。

"千秋小姐？"

现实里的赤木医生过来搭话，霞被叫出了镜像。

"千秋小姐？您怎么了？"

不知什么时候，赤木医生来到候诊室，把脸凑过去盯着霞。

"……没事。"

镜像里，是未来。

是可能发生，并将发生的未来。

现在出现在霞眼前的赤木医生，说一周后再次发烧的儿子，是"遗传病"。

对于家长，对于母亲，这是一个非常拱火的词。

但是，霞没有生气。

2
未来①

她站起来向赤木低头行礼。

"赤木医生,请您一定救救'保彦'。"

"我知道了,交给我吧。"

霞在向在一周后的未来里,眼睁睁看着自己孩子死去的医生,真挚地低头行礼。

这无疑是一种讽刺罢了。

办好住院手续后,霞在回家路上跟邦彦说明了看到的镜像。

因为没有必要着急,两人慢慢走在兴津街上。

恐怕"保彦"会死。

但是不能让这种事情发生。

为了救他,我们必须查清"保彦"不得不死的原因。

"……要怎么查?"

丈夫理所当然地问到这个问题。

"医生都搞不清楚的事情,我们怎么查?"

"镜像里的赤木医生说,'保彦'发烧不是一般的病。"

"那我们不就更没戏了吗?"

"不。可以的。"

霞掏出了手镜。看到这个,邦彦皱起了眉头。

"……这个能看到未来的镜子,告诉我们怎么做了吗?"

"未来……"

改写

REVISION BY HARUKA HOJO

这个词触发了霞的思考。

老实说，活了二十多年，居然都没发现这个事实，也挺不可思议的。

"老公啊。你说镜子，一般照的都是镜子前面有的东西吧。"

"……你说什么鬼话呢？"

"镜子照的是'现在'吧。"

"这不废话吗？"

"但是，比如说……"

霞的手指，轻轻触碰着镜子。

"镜子永远在照它面前的'现在'。永远永远，不管多久多久，都一直照着。这说明，在镜子里显示的是从它制作出来开始直到今天为止，一直连续的'现在'，是这个道理吧？"

"这又怎么了？"

"我想说的是，镜子里是不是也有'过去'呢？"

邦彦沉默了一小会儿。

"……嗯，道理是这个道理。"

"如果时间是一个循环物，起点和终点是一样的话，看过去不就等于看未来吗？"

"……所以你在解释，你的镜子为什么能看到未来吗？"

"就是这样，而且……"

霞回过头，望向远方的医院。

2

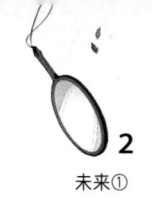

她想到了自己孩子与高烧对抗的表情。

十年前的我,没有看到生下"保彦"的镜像。

十年后的我,没有生过"保彦"。

但是我生了。

现在的我,选择生下他,但她们都说我是错的。

可是,为什么——已经过去的夏天里,有那么多"保彦"存在呢?

是不是因为我其实没错呢?

如果是这样的,那应该这么做。

为了救回"保彦",我要承担起全部责任。

"老公。"

霞带着坚定的决心说:

"我们,去改变过去吧。"

3 过去 ①
REVISION BY HARUKA HOJO

改写

REVISION BY HARUKA HOJO

"过去是可以改变的。"

画面现在回到了千秋夫妇的卧室。霞为在桌子前念叨的邦彦上了杯茶。还是川根旧友馈赠的那个茶。

邦彦喝了口茶,慢慢开口说道:

"老实说,我不能理解……到底这是什么情况?什么叫过去可以改变啊?"

"反正我们是夫妻,我就直接聊具体的吧。"

霞坐到了邦彦的对面,同时,用眼睛注视着他。

"'保彦'是什么时候出生的?"

"两周前的10月2日吧?"

"没错,那么……"

霞紧紧地盯着邦彦的眼睛。

"'保彦'是什么时候产生的?"

邦彦也接不住妻子这么直接地提问,沉默了几秒。

"你想问,我是什么时候跟你一起住,然后发生关系的吗?"

霞因为这件事不小心怀上了"保彦",然后才决定和邦彦结婚的。

3
过去①

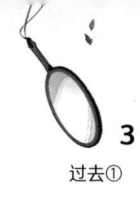

"……倒推的话。"

"不用倒推了。你就说你第一次和我一起住，是什么时候？"

邦彦挠了挠脸颊，答道："……今年的一月。"

"是吧。然后，我举个例子。如果稍微提前一个季节，去年秋天形成了爱的结晶，那这样算我应该在今年夏天生孩子，而不是在秋天，对吧？"

"是啊，这么算的话，确实会这样。"

"那夏天生的'保彦'，和秋天生的'保彦'。是同一个人吗？"

"……啥？"

"我是说，现在，在医院被病痛折磨的儿子，和没准在夏天出生的儿子是'同一个人'吗？"

邦彦一副难以判断，不知道如何回答的表情。

"这……我还是孩子父亲的前提没变对吗？"

"要是父亲换成别人，估计事情就更复杂了吧。"

"嗯……"

邦彦沉默了一会儿后，总算得出了结论。

"这个事吧，讲真，如果从绝对意义上的'同一个人'来说的话，那应该'不是同一个人'吧。就算都是一个父亲，妈妈二十岁时生的孩子，和四十岁时生的孩子也……是兄弟，但'不是同一个人'。"

"是啊，不是同一个人。"霞带着坚定的决心说，"所以，我们要改变过去，把过去变成生下'不在医院被谜之高烧折磨

改写

REVISION BY HARUKA HOJO

的'·'保彦'。"

她丈夫听了这话,足足沉默了十分钟。

十分钟后,他伸手想再喝口茶,当然,茶已经凉了。

"再给你重新泡一杯?"

"不,不用了。"

然后,又过了五分钟,邦彦开口说道:

"……你想说的事,嗯,我明白了。"

"太好了。"

"那我要问问了,具体要怎么操作?"

"我从镜像里看到赤木医生说,'保彦'的烧不是一般的病,而是因为什么遗传造成的。"

"然后呢?"

"也就是说,一定在什么地方,在过去什么地方出现过问题。只要找到它,问题就能解决了。这样,'保彦'就能得救了。就能帮上他了。"

"那要怎么做?"

"那当然要用这个。"

霞掏出了手镜。她丈夫看到这个,又皱起了眉头。

"……那你再说说,用这个能看到未来的手镜,怎么改变过去?"

"那我先问你,为什么三岛医院,从妇产科变成牙科医院了?"

邦彦抱住胳膊思考着。

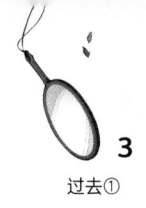

"那是……"

"这件事还没跟你说……"

霞告诉丈夫，自己在三天前的夜里，从镜像里看到了自己在"保彦"第一次发高烧的时候要带他去三岛医院的未来。

但是，因为三岛医院查不出病因，镜像里的霞和"保彦"上了救护车。

霞看到这段未来之后，知道自己把现实和镜像里同样发烧的儿子送到三岛医院也治不好，于是一上来就去了县医院。

然后，因为霞没有按照镜像里的未来行动，过去就被改变了。

"三岛医院变了。不是妇产科，而是变成牙科医院了。这是为什么？"

"为什么？就算你问我……"

"因为它没有存在的意义了。"

霞没有按镜像里那样执行。

通过镜像，也就是通过看到未来，改变了现在。

当现在被改变了之后，之前的现在就消失了。

然后，未来也就跟着改变了。

要让未来发生变化，过去也要跟着改变。

所以，过去就改变了。

三岛医院就不再是妇产科，而是牙科医院了。

"不过'保彦'可是在三岛医院出生的啊。"

改写

REVISION
BY
HARUKA
HOJO

"所以'保彦'才要死了啊。"

"保彦"是在三岛妇产科·小儿科医院出生的。

这个医院现在消失了。

所以"保彦"才会死掉，被未来吞噬了。

"等一下。"邦彦用严肃的表情说道，"你想，在三岛医院出生的孩子不光'保彦'一个啊。有好多个，好多个呢。"

"要这样说的话，县医院儿科的高桥医生那边，也出生了好多个，好多个呢。但因为过去被改变了，他现在连儿科医生都不是，成药剂师了。"

"……我理解不了。这是什么意思？"

"想成为医生，需要去医科大学上学，通过考试，拿到医师资格证才能上岗对吧？"

"嗯，这个我懂。可那又怎么样？"

"那考医科大学的时候，如果没考上呢？"

"直到考上之前只能复读吧。"

"那再如果，他没拿到医师资格证呢？"

"那就只能转行干别的……"说到这里，邦彦顿住了，"原来是这个意思啊。"

邦彦陷入第三次沉默。

估计是被事情影响范围之大惊到了吧。

"我们假设过去有位A先生。A先生和儿科的高桥医生是同学，

两人互相勉励，最后两人都当上了儿科医生。但是，如果A先生是在三岛医院出生的话，因为这家医院现在没了，所以A先生也不存在了。因此高桥医生做儿科医生的动机也跟着消失了。没了这层动机，过去的高桥医生的目标就不再是儿科医生，而是药剂师了。"

蝴蝶效应，这个词，霞不知道。

但是现在霞所解释的，正是这个词的含义。

一只蝴蝶扇动一下翅膀，影响了远方未来的天气。

"当然，刚才说的都是假设。实际上并不保证就真的有A先生这么个人……不，还是管这叫过去吧。这种过去不一定存在。但是，高桥医生最后能成为儿科医生，一定需要过去有很多人帮助他，冲他发火，引导他。医科大学遇到的各种人，教授，同事。正因为有各种各样的人，在各种各样的地方与他一起编织的过去，这位叫高桥的男人，最终才成为儿科医生。"

"假设，其中如果有一个人不在了的话……"

"没错，他的人生轨迹就会在某个地方发生偏折。因为原本应该告诉他'往这边走'的人消失了嘛。"

如果没有见到那个人的话。

如果那个时候，没走那条路的话。

那一天夜里。

这位名叫霞的女性，没有抱着自己的孩子，去某个医院。

因为她知道，去了也没有意义。

改写

REVISION
BY
HARUKA
HOJO

所以，她没去。

如果没去的话，那就没有必要。

如果没有必要的话，那它就不是必须存在的东西。

那就会，消失。

"……那。"邦彦说，"我问的是该怎么办？具体怎么操作。不对，如果事情真要如你所说的话，那为什么只有我们两人留有'记忆'呢？我们可是一直把三岛医院当妇产科医院的。但是，现实中那里可变成牙科医院了。"

"因为我是能看到未来的人。不受这些影响，也很正常吧。"

"你可能是这样，那我呢？"

"你是我丈夫，那不也很正常。"

"……不，光听你这么说，我还是没法接受……"

"总之，我们要去找。"

"……找什么？"

"去找我们的记忆里'不应该是这样'的地方。那里，就是时空的夹缝。"

"那发现了之后，又要怎么样？"

"在那个地方看过去。用这面手镜哦。然后回到过去……"

霞握住手镜，下定了决心。

"为什么'保彦'要被卷入死亡的命运中呢？我们要查清原因。然后……"

最后一句，霞没有说出口。

其实，霞本想这么说的：

"如果原因是人，就除掉那家伙去救'保彦'。"

从邦彦和霞的情况看，他们两个出生在兴津，成长过程中也没怎么出过这个城市，现在也还在这里生活，应该算是一种幸福。

两人的家离兴津站很近，在当地算是一片居民区。前文也说过了，他们算是青梅竹马的关系。

然后，在兴津这个小城市，小学和中学也没得选，两人一直都上一个学校。高中的时候稍微分开了一下，邦彦上了商科高中，霞去了女高。不过，两所都是静冈市里的学校，上下学还是坐一趟车。

高中毕业之后，邦彦进了现在他上班的公司。霞和邦彦不同，她在本地找过工作，但一直没碰上合适的。找工作的时候，父母相继去世，差不多快要无路可走的时候，还好当时和邦彦有那层关系，于是就结婚了。结婚之后霞开始在书店打工，转过年来生了"保彦"。两人的成长经历，简单来说就是这样。

然后要去寻找在他们的记忆中"这里，不应该变成这样"，也就是被过去改变这件事影响的地方。

"咱们俩在静冈市的母校怎么样了？"

"……我觉得如果这事和高中时候的朋友有关系的话，那倒是必须去看一看……"

改写

REVISION BY HARUKA HOJO

想到这里，霞突然激灵了一下。

两人现在虽然在自己屋里，但眼前的桌子上，可是泡着高中旧友送的川根茶。

还好，霞没给"保彦"喂过这个茶，所以她觉得应该没有关系。

"而且啊。"邦彦开口说道，"我们退一百步讲，为什么因为过去发生了什么事情，就一定要'保彦'死啊……算了，这些都还好说。这事已经足够科幻了，但又一想，我早在知道自己老婆可以预知未来的时候，就应该放弃思考的。"

邦彦现在一副不高兴的样子。

"可是我还有你上班的地方，为什么都觉得我们'从一开始就不存在'啊？"

"呃，这倒还真是个问题。"

钱的问题。

现实情况是，千秋夫妇必须给县医院付"保彦"的住院费和诊疗费。当然了，如果付不出钱的话，"保彦"就会死掉。

听霞这么一说，邦彦震惊了。

"什么意思？你是说我们在'保彦'死之前，都找不到工作了？……怎么会有这么荒唐的事情！"

"是啊。"霞也表示同意，"没有比这更荒唐的事了。"

有谁，把过去改变了。

过去改变了，现在也会跟着改变。

3
过去①

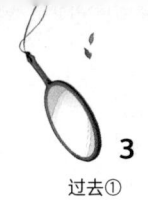

然后，连绵持续的时间长河并不接受"保彦"，并不接受霞和邦彦的孩子。

时间长河中，好像有什么东西无论如何都要排挤他，都要将他的命运指向死亡。

我们，是犯了什么罪吗？

一个刚出生的孩子，究竟犯了什么错，非要遭受这样的痛苦？

这种不讲理，让霞感到愤怒。

两人立刻走出房间寻找时间的夹缝。今天的兴津是阴天。两人住的公寓在高台上，一出房门，山川大海就能一览无余。

来自海面的海风，吹拂着霞褐色的长发。

远处的山间，鲜艳的红叶生气勃勃。

"秋天了。"

邦彦一边穿鞋，一边说。

"再过几天，由比的樱花虾休渔期该结束了吧？"

"嗯，是啊。"

邦彦很喜欢吃在邻镇由比捕捞的樱花虾做的炸什锦。

"……我想让'保彦'也尝尝啊。"

邦彦用身为人父的语气，感慨地说道。

听到这话，霞也露出了笑容。

"等'保彦'康复了，咱们一家三口就去由比吃虾吧。"

改写

REVISION
BY
HARUKA
HOJO

"是啊。而且'保彦'还没去过萨埵峠[1]和清见寺呢。"

两个都是当地很有名的景点,但"保彦"才出生两周,还没法出远门。

"先去跟宗像大仙打个招呼,走吧。"

霞走出家门,这样说道。

离公寓不远的地方,有个供奉着宗像女神的神社,这里也是本地孩子们的游乐场。两人以前都经常在这里玩。

穿过鸟居,用神社水净了手的邦彦,环视神社后说道:

"……该不会连这座神社都改变了吧?"

"不会吧。"霞笑着否定他,"你想,这个神社都建成1800多年了。"

两人来到神社正殿前,投了香火钱,摇铃绳敲响铃铛,两拜两拍手后双手合十。

拜托了。

不管怎样,请救救我的儿子。

邦彦拜了三秒左右重新站好。就如同此地"女体之森"的名字所说那样,对于男人来说,是个待着比较尴尬的地方。

小时候没怎么注意过这个事情,等长大了,反而开始在意起来。

---

1 在古汉语中,"峠"与"卡"同义,可以作为热量单位"卡路里"的简称,指的是1克水升高1摄氏度所需的热量。在日语中指代山顶或顶点。——译者注

3

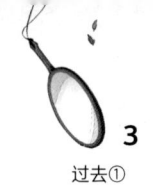

过去①

在殿前，邦彦早早结束礼拜，但身边专心祈祷的妻子，则低头足足拜了十分钟。

求求您救救我的儿子。就是这样一个愿望。

首先，他们先去了一趟霞上班的书店。书店的外观没有变化，但是霞曾经在这里上班的过去被改变了。

"怎么样？"

霞装作客人的样子在店里转了一圈后，在入口附近杂志区站着翻看的邦彦问她情况如何。

"……店长换了。而且，打工的店员里面有两个我不认识。"

"这也是因为过去改变了才这样的吗？"

"不清楚……"

走出书店后，邦彦狠狠地挠着头，焦急地问：

"我们会怎么样啊？越来越搞不懂了……我们只是想让'保彦'避开死亡的命运，为什么我们身边会发生这么大的变化？"

霞没有开解丈夫的不满，只是盯着手镜看。

镜像稍微发动了一下。

从中看到的未来，当然是"保彦"死亡的命运。

还是没有改变。

"说起来，这个手镜……"

邦彦看着一动不动盯着镜子看的霞，说道：

改写
REVISION BY HARUKA HOJO

"我好像在什么时候听说过。什么时候来着？可能是亲戚聚会的时候吧。"

"嗯？听说什么？"

"那面镜子。"邦彦指着霞的手镜说，"说是叫手镜。"

"……呃，我知道。"

"不是不是，不是这个意思，不是一般意义上的'手镜'。我听说是因为它是'会钻出手来的镜子'，所以叫手镜。"

"手会钻出来？"这一句话，让霞眼神飘忽起来，"呃，镜子里面钻出手来会怎么样？"

"这我就……"

邦彦好像也不知道更多细节，话题就到此结束了。

接着，两人往举行结婚典礼的会场走。

两人的婚礼是在一个模仿教堂的建筑物里举行的。举行的时候要唱赞美歌、念圣经、讲誓词，但霞和邦彦都不是基督教徒。

在仪式会场的接待处，霞他们谎称"想提前拍个照"，接待人员就放他们进去了。邦彦带着一点怀念的心情，微微眯起眼睛说：

"啊，好怀念啊。当时都没工夫仔细瞧。"

"谁让某人非要一起住啊。"

霞讽刺地说。

霞和邦彦结婚时，已经怀上了"保彦"。也就是说，是因为肚子里有了孩子，不得不办婚礼。当时两人都是在非常焦虑的状态下操办

3
过去①

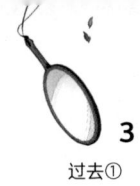

婚礼的,所以仪式上没有邀请任何人。两人都没有其他亲戚,临时办婚礼突然叫朋友过来也不礼貌,商量了一番之后决定就由霞和邦彦,以及会场方面安排的神父(角色的男人)三人完成这场婚礼。

因此,对霞和邦彦来说,这个会场的印象非常淡薄,记忆中的东西也很少。

即便如此,霞也觉得,如果过去有什么问题的话,还是应该到婚礼会场找一找。

这时,霞的目光捕捉到了放在会场角落里的一个像头饰一样的东西上。这是一顶银色的冠冕,正中间有个软垫,周围覆盖着由丝绸制成的花朵。

软垫正中间有两个凹槽。

"嗯……"邦彦也注意到了,"花束吗?"

"才不是呢,你没印象了?"

"嗯?……我用这个做过什么吗?没印象了。"

"你把放在上面的东西戴在我左手的无名指上了。"

"啊!"听她这么一说,邦彦想起来了,"这是放结婚戒指用的垫子啊。"

"人家那叫戒指枕。"

霞不经意间,摘下了自己左手无名指上的银戒指。这是邦彦送给她的结婚戒指,上面虽然没镶宝石,但稍粗的银色戒圈上,刻着小小的常春藤纹饰,霞很喜欢。

改写

REVISION BY HARUKA HOJO

"倒也不是没钱置办个钻戒啥的。"

邦彦一边说着,一边也把自己的戒指摘了下来。

"我啊,更想要纹饰好看的结婚戒指,不想要什么宝石。"

刚才,邦彦把戒指放到了戒指枕上,但什么都没有发生。

但是,霞刚把戒指放到戒指枕上……

"啊……"霞把手紧紧握在自己胸前,不用看她也清楚,手镜起了反应。

下个瞬间,戒指枕上放着的两个戒指的外形开始扭曲。

"嗯?"邦彦揉了揉眼睛,"喂,刚才……"

"这是……"虽然只有短短一瞬,但戒指确实发生了变化。

戒指不再是邦彦送的银戒指,而是一个看着就很贵,镶着一颗大祖母绿的金戒指。

霞看了一眼便说:"品位真差。"一脸嫌弃。

然后,过去就改变了。

银戒指消失了,不知什么时候霞的左手无名指上,戴着刚才看到的祖母绿金戒指。

霞赶忙掏出手镜一看,镜子里映出的正是此地的过去。

但是,那不是霞所知道的过去。

也就是,改变过去。

某个霞,就像是要毁掉霞的现在一样,发动了镜像。

这个镜像,从霞的手镜里显现出来。

3

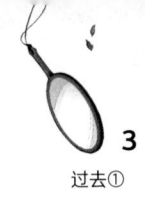

过去①

"霞？你看到什么镜像了？"

"嗯。"霞一脸厌恶的表情，"但是，是由站在这里的我之外的我。"

是她，发动了镜像。

在没有任何观众的会场里，依旧穿着华丽纯白晚礼服的邦彦，牵着同样一身纯白婚纱的霞的手，向着会场正中央静静地前进。

准确地说，新娘是不是霞并不清楚。因为新娘戴着绣着细刺绣的头纱看不到脸。

"嚯……"

突然有个外人出声，吓了他们一跳。

明明发动了镜像，但邦彦依旧还在那里。

"老公！"

"嘿，这就是霞的镜像吗？我还是第一次看到。"

"为什么你会出现在我的镜像里……"

"什么为什么？这段也是我的记忆啊，我觉得我能看到是理所当然的。"

邦彦说着走到会场的前方，从正面看着走上婚礼之路的过去的自己。

再说一遍这个理所当然的事实，在镜像里无论怎么看对方，对方都不会有任何反应。因为过去，对于未来而言终究只是一个镜像罢

改写
REVISION BY HARUKA HOJO

了。邦彦看着过去的自己,一副尴尬的表情。

"怎么了?"

"没事……就是看他紧张得连动作都僵硬了。"

"这不废话吗?"

霞一副"事到如今你还说这干吗"的表情。

"戴戒指的时候你太紧张了,好几次都差点把戒指戴到我的中指上。这要是有客人的话,现场就只剩尴笑了。"

"没事,反正实际上也没叫。"

"话是这么说……"

邦彦正说着什么的时候,声音消失了。

霞转头一看,邦彦不见了。她马上环顾空无一客的会场一周,但还是没有找到,他整个人消失了。

"……"

霞狐疑地看向前方,现在正是新郎新娘听从神父的话,宣讲的誓言的环节。

"啊……"

霞的新郎,不是邦彦。

交换的戒指也不是邦彦送的戒指,而是那个镶着祖母绿的金戒指。

"那是……"

霞一眼就看出和新娘交换戒指的人是谁。

过去①

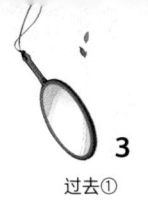

是霞在书店当店员时,向她告白的同事坂口。

对方说希望和她交往,但当时的霞没兴趣和异性交往,所以就以"倒不是说我讨厌你,但是……"的说法委婉地拒绝了他。之后,他就从书店辞职了。霞想,他可能是觉得和拒了自己告白的人一起上班会尴尬吧。

而这个坂口,正要跟自己结婚。

正要把那个品位糟糕的戒指,戴到新娘的手上。

"——等一下!"

这个不对。

这是假的吧。

和我结婚的是邦彦,戴上的是银戒指。

更重要的是,这样的话……

"——'保彦'要不能出生了!"

"——所以说,我没生过那个孩子。"

新娘摘下头纱。

这位新娘正是霞。

但是,和现在的霞相比看着岁数稍微大一点。

"你是……"

"现在看了镜像,我都明白了。"

新娘霞掏出了同样的手镜给霞看。

"对了,我会在七年后砸掉镜子。"

改写
REVISION BY HARUKA HOJO

"……为什么,这明明是我的镜像,你却能看到我,还能说话?"

"你说什么呢?这是我的镜像。这是过去的你潜入我的镜像,跟我说话的。"

"呃……"

"你看看,这就是证据。"

新娘霞动了动下巴提醒霞,让她看看周围。

时间停住了。

坂口也好、神父也好,所有人都停下了动作。

——所有人?

霞突然觉得,自己的想法有点不对。

她环视了四周,刚才空无一人的会场,现在盛装出席的客人高朋满座,人多得会场都快装不下了。

霞无法相信眼前的景象。这不对。

我们的婚礼,明明一个人都没叫的。

"那我问你,有人祝福过你们吗?"新娘霞说道,"镜像,是预知未来。当眼里看着未来的时候,'时间'这种东西就不复存在。也就是说,现在是停止的。"

"那你?"霞断断续续地问,"现在,是……"

"现在是1995年。我,二十九岁。"

"'现在'是1992年啊!"

"那是你的'现在'。我的现在就是这里,也只有这里。"

3

过去①

"现在，是……"

这里不是过去。

这个镜像，是未来的镜像。

"你和邦彦……离婚了？"

"什么离婚不离婚的。我这次是初婚啊。"

"那邦彦他怎么样了！"

霞带着怒气说。但新娘打扮的霞，哼地嘲笑了一下。

"我可没跟邦彦发生关系。"她用一种骄傲的语气说道，"我可没跟你似的干那种臊人的事哦。"

"……你跟坂口在一起还有脸说我？甩过人家一次，怎么觍着脸把人家巴结回来的啊！"

霞用讽刺的口吻骂道。

因为她觉得，自己甩了坂口这段过去还不至于被改掉。

事实也确实如此。这段过去本身并没有改变。

"是啊。"新娘霞也承认了，"我就算能看到未来，快到三十也急着嫁人啊。"

"妥协着结婚的女人，有什么资格找我碴！"

"可那也没办法不是。"

新娘打扮的霞，用手取下装在戒指枕上的戒指。

霞通过新娘霞看戒指的眼神，就知道她对这戒指是什么态度。因为无论分成几个人，自己还是自己。

改写

REVISION BY HARUKA HOJO

"……这个?"新娘霞举起戒指,"和你想得一样,我不喜欢。但是,他说这戒指花了三百万。"

"这不是价格的问题吧!"

说着,霞慢慢摘下自己的戒指,给新娘看。

"……这个!你应该戴的戒指,是邦彦送的银戒指!"

新娘打扮的霞,不动了。

似乎是看这枚银戒指,看入迷了一样。

新娘又和自己要戴的金戒指比了一下,得出了结论。

"是啊。"她点点头,"这个戒指我无话可说。如果两个男人向我求婚,我不知道该嫁哪个,需要通过谁戒指品位更好决定的时候,我会选这个银戒指,这是肯定的。"

她虽然对戒指认可到这个地步,但唯独最后这一点,她坚决不退让。

"但是,对象是邦彦的情况除外。"

"……"

"做错的是你。"

不知为什么,霞没有还嘴。

霞在想,到底是哪里出了问题呢?

活了二十七年,生了一个孩子,但这个孩子,一出生就被卷入死亡的命运中,去世了。

这种镜像,她已经看过很多次了。

3

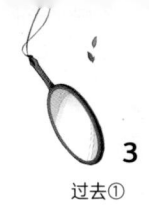

过去①

而现在这个镜像也是。

"你如果来自1992年的话,应该是二十七岁吧……放弃吧,放弃那个孩子吧。"

"……放弃?"

"还可以重新来过。和邦彦离婚,好好给孩子办完白事之后,去跟坂口先生结婚。"

"这种事情……"

"正因为你做了那些难以置信的事情,所以才会发生难以置信的事情哦。"

"……你。"

霞已经看过十年后的镜像了。

她知道,这个比自己晚三年的女人,会成为十年后的那个女人。

所以她一定要说。

"你和坂口先生……生了两个孩子。一个男孩和一个女孩。"

"是吗?"

出乎意料的是,新娘霞回答的语气好像是发自内心地高兴。

"真是太好了。虽然想要孩子,可我觉得养两个孩子就已经是极限。这个结果正好。"

"但是,那个孩子……"

确实,孩子们很可爱,这点她承认。

霞虽然结婚了,但她也觉得如果给那两个孩子当母亲的话,应该

改写

REVISION BY HARUKA HOJO

也不错。

但是，那两个孩子不是"保彦"。

"我生的是……'保彦'！"

霞重新把戒指戴到无名指上。

然后使出全身的力气，用右手按住戒指。

为了让戒指变形。

银制的戒指被挤成了一个扭曲的形状。

这个场景，把新娘霞看呆了。

过了一会儿，霞把完全变形，再也摘不下来的银戒指，举起来给新娘打扮的霞看。

"怎么样！"

她用骄傲的语气说道。

"这样的话，除非把我的无名指砍掉，否则别想摘掉这枚戒指！"

新娘震惊了一会儿，突然注意到了什么，慌忙挽起袖子看向自己的无名指。

无名指上，戴着变形的银戒指。

"怎么会……"

说完，她以为想点办法就能摘掉这枚变了形的银戒指。但就算她想，钳在手指上的东西也没那么容易取下来。

被夹住了。

彻底被抓住了。

3

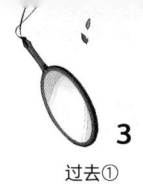

过去①

新娘打扮的霞，用憎恨的表情看着霞。

"你为什么要做这种蠢事……"

"啊哈哈哈哈哈哈！"霞笑出声来，滑稽得不得了。

"你看！这就是你不生'保彦'的下场！"

镜像，就此中断。

霞趴在大理石的地面上，和平时一样，满身大汗。

旁边的人迫不及待地递过来一条毛巾。

"霞。"

是邦彦。

"发生什么事了？我看着看着就被你的镜像踹出来了。"

这里还是会场里面。既没有新娘，也没有品位很差的戒指，更没有为结婚祝福的客人。

只有霞和邦彦两人。

霞没有回答邦彦，而是想起了刚才新娘霞问自己的问题。

"那我问你，有人祝福过你们吗？"

这件事，她心里清楚。

父母已经走了自不必说。她知道，就连神都没有祝福他们。

但是，霞无论如何都做不到无视自己肚子里的生命。

她觉得既然已经把孩子生了下来，就算等待孩子的是死亡的命运，也要去抗争它，这是身为父母的使命。

改写

REVISION BY HARUKA HOJO

"邦彦……"

她看着丈夫自豪地笑了一下。

伸出左手。

"对不起……戒指,稍微弄弯了点。"

"弯了,呃……这是什么情况。"

看到自己送出的戒指变成了一个扭曲的形状,邦彦发出一声惨叫。

"那可是银的,怎么才能变成这样啊……"

"这个之后我再详细跟你说,一句话总结……"霞饱含爱意地看着戒指,"就是,我给了'妥协女'致命一击。"

这个眼神,不知为何非常诱惑。

4

现在②

REVISION BY HARUKA HOJO

改写
REVISION BY HARUKA HOJO

　　事已至此，无可奈何。

　　如果连婚礼都被做了手脚，那就只能追溯到更早的时候。

　　故事来到千秋夫妇的公寓。霞边吃晚饭边和邦彦商量。

　　那件事结束之后他们离开会场去县医院看望"保彦"。

　　"你们来得正好，孩子刚刚退烧。"

　　赤木医生如是说。

　　"孩子住院之后又发了烧，三个护士一起努力才把他的体温降下来。"

　　"这样的话，是不是病因找到了？"

　　邦彦开心地说着，而身旁的霞则完全没有笑容。

　　因为她从镜像里已经看过了。

　　邦彦以为已经知道了病名，才能用退烧药退烧。但实际情况并非如此。赤木医生冷淡地摇了摇头，说道：

　　"很遗憾……我们还不知道病名和发烧原因。护士们只是用冰块和保冷剂，强行把温度压下去了而已。"

　　这句话，一下让邦彦垂下了头。

　　"那以后还会……"

4
现在②

"嗯,可能还会再次发烧。所以我不能说现在算是治好了。"

"赤木医生。"

霞来到了这边之后,头一次开口,声音非常悲壮。

"拜托了。"霞低下头,"请救救'保彦'。"

赤木医生拉起霞的手,紧紧握住。

"嗯,我一定。"

赤木回答道。

霞并不觉得她现在在说谎。

两人累了,也没心情做晚饭,所以直接在附近的荞麦面馆叫了份外卖。

霞点了一屉普通的荞麦面,邦彦点了一屉加鸭肉的,边吃边聊镜像里发生的事情。

吃完的同时,霞也讲完了。

"坂口这个人,我以前见过。"邦彦一边喝着饭后茶一边说,"是比你先来书店打工的人吧?"

"对,我比他晚。"

"比我高,戴个眼镜,比我长得微微帅那么一点点。他比我高,是吧?"

"……我又不是因为身高跟你结婚的。"

霞一听邦彦这语气像是闹别扭了,稍微有点吃惊。

改写

REVISION BY HARUKA HOJO

"也就是说,如果你没跟我结婚的话,就会跟坂口结婚啊。"

"我才不嫁给他呢。"

"但你把戒指弄变形,破坏了那个'未来'。"邦彦喝了一口绿茶说,"……这样的话,会变成什么样?你不是说,你从十年后的镜像里看到了吗?"

"嗯,从现实的角度来看,摘下戒指的办法有很多,所以我觉得继续和坂口先生结婚的未来不会被这件事打断。"

想到这里,霞忍不住窃笑起来。

"谁知道会变成什么样呢?婚礼最高潮,正要交换戒指的时候,马上要嫁给自己的妻子,之前空无一物的无名指上,突然戴了一个见都没见过的戒指。"

"反正也发过誓了,只能亲一下,然后交换戒指了吧。"邦彦答道。

"啊,真是痛快。"

霞觉得身体有些疲惫,伸了伸自己的后背。

"……但是,我们只知道'原因'应该在结婚之前。"

"对。"

邦彦点了点头,站起身。走到书架前,拿出记事本和笔。

"怎么了?"

"我想把时间线写出来……列个年表类的东西。"

邦彦拔掉笔盖。

"说实话,不列个表实在是搞不明白,总觉得不舒服。"

邦彦做出来的表,就是下面这样。

邦彦	霞	时间
出生	出生	1965 年
估计这时候认识的		1968 年
O 上小学	O 上小学	1971 年
O 小学毕业	O 小学毕业	1976 年
O 上中学	O 上中学	1977 年
O 中学毕业	O 中学毕业	1979 年
上县商高	上县 S 女高	1980 年
	看到了生孩子的镜像?	1982 年
商高毕业	S 女高毕业	1983 年
进 D 商贸公司	无业	1984 年
	书店打工	1990 年
结婚	结婚	1992 年
生第一个孩子	生第一个孩子	1992 年
	弄坏戒指	1992 年秋天
	和坂口结婚?	1995 年
	弄坏手镜?	2002 年?

改写

REVISION BY HARUKA HOJO

"应该是这样吧？"

接过邦彦简单画出来的表，霞点了点头。

"大概就是这样吧。"

霞往表上写的"结婚"那里，画了个×。

"如果婚礼不是'原因'的话，那你觉得还有哪里会有问题？"

邦彦歪着头，霞没有说话，而是把无名指上已经变形的戒指给他看。

面对一头雾水的丈夫，霞把答案告诉了他："你第一次把戒指给我，是在什么时候？"

"啊……这样啊，是在求婚的时候！"

"那就是萨埵峠了。明天去一趟吧。"

两人都累了，达成共识之后，不约而同地铺上被子，关了灯。

过了一会儿，邦彦把手伸到霞的被子里，可霞又把他的手推了回去。

"……喂。"

丈夫发出了不满的声音，霞听到后也没说话。

邦彦小声找霞商量：

"……你说要是孩子走了，怎么办？"

霞沉默着，没有回答他。

"喂，你醒着吧？你睡相哪有那么老实啊。"

霞依旧沉默。

4
现在②

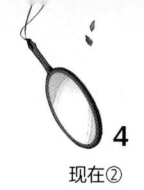

"办葬礼这事基本定了,还得想想以后要怎么办?"

"……什么怎么办?"

邦彦实在太烦人了,霞虽然回答了,但没转身。

霞理解明白邦彦想说什么,但她怕一看见他那张脸就想捶他,于是就继续背朝着他。

"第二个孩子。生,还是不生?"

"……"

"问你话呢。"

霞实在是不耐烦了,最后还是转过头,盯着邦彦的眼睛说:

"此刻专注想此刻的事吧。"

"可是……"

"以后的事以后再说。听好了啊,这是最后一句了。我要睡觉。"

"知道了……"

邦彦和霞也认识很长时间了,一听语气就知道她来真的了,便老老实实睡觉。

但是,撂下那番话的霞自己却难以入眠。

因为她很在意自己说的话。

此刻,就是此刻。

现在,就是现在。

世界上就存在这样的规则,这种每个人都要遵守的规则。

无论谁在此刻都只能看见此刻,感受此刻,活在此刻。

改写

REVISION BY HARUKA HOJO

不是有句谚语吗，现在说来年的事情鬼都会嘲笑。

那考虑"未来"的事，是件坏事吗？

估计是因为看了邦彦做的年表吧。霞在被窝里，脑子里全是这件事。

对于新娘霞来说，1995年就是"今天"。

从现在算三年之后，是今天。

那我的"今天"，又在哪里？

"……邦彦。"

她轻轻叫了一下丈夫的名字，没有回复。已经听到他的呼噜声，估计是睡着了吧。

霞从床上爬起来，走到客厅打开灯。

喝了一杯水，然后拿出汉日字典，查了一下"今"字。

"今"。

"人字头"，指的是盖子或屋顶的造型。

"点"，代表有东西。

两者结合，表现的是盖上盖子，要把东西藏在里面的样子。

它是"陰"的原字。借用这个字，表示"现在"的意思。（角川最新《汉日字典（新版）》）

字典上是这么解释的。

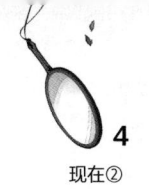

"把东西藏在里面的样子……"

这个时候，如果霞还在被窝里的话，没准还能发现。但现在屋里亮着灯，她没注意到。

手镜刚才微微亮了一下，但她在专心看字典，没能看到。

也就是说，过去或者未来的霞，通过手镜，想给谁传达什么消息。但霞漏掉了。

这个时候，究竟是谁，对谁，说了什么，明天白天就会知道。

话题重新回到霞的思考……

藏东西这件事为什么会演变成"今"这个字呢？

这东西，有什么问题吗？

"啊……这样啊。"

东西如果丢了的话，那自然就不在这里。

只要有东西，就有丢失的可能。

所以要藏起来。

要阻断。

阻断时间进程本身就是"现在"吧。

进行中的东西，如果不"停止"的话，就不能成为"现在"这个点。

"这样啊，把东西藏起来……"

现在，对任何人来说都是现在。

现在霞认可了，"今"是"陰"原字的理由。因为只要用什么东西把什么东西阻断，下面自然就会出现阴影。

改写

REVISION BY HARUKA HOJO

也就是说，没有现在。

只有未来和与之相反的过去，所谓"现在"的时间，是不存在的。

所以霞觉得，想着"此刻专注想此刻的事"的自己，还是眼界太窄。

现在只考虑现在，这个说法，也就意味着，"我想让事情停在原地啊……"没法向前进。因为现在只代表现在。

霞又喝了一口水。流过喉咙的水，让霞联想到了时间的流逝。

她回忆起小时候折了千纸鹤，然后放到了兴津河。顺水流下的纸鹤，在某个时间点从自己的视野里消失了。

现在，消失了。

现在，没有了。

会变没的就是现在吧。

俯瞰全景的时候，就算有"这里，在这里之前""这里，在这里之后"的前提条件，但，"这里是哪里？"中的"哪里"是什么？还是答不上来。

和别的地方比，虽然会有"比起这里"或者是"和这里比的话"等描述，但对于"这里"这个地方来说，还是没有意义的。

能被称为现在的时间，是不存在的。

正因为不存在，所以才有现在。

"不过，如果是这样的话……"

对于能看到未来的自己来说，"现在"又是什么？

4
现在②

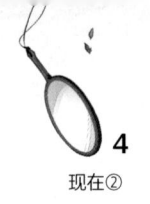

我能看到,任何一个"现在"。

如果某个我是对的,那此外的每一个我,就都错了,形不成连续性。

哪儿跟哪儿都连接不上。

要是这样的话,"最初"又在哪里?

不知不觉中,霞趴在桌子上,睡着了。

等霞发现时间来到清晨时,身上已经披上了毛毯。

从兴津出发,要去名画《东海道五十三次》里出现过的萨埵峠的话,要先往兴津城北走,穿过兴津一侧的山,进入山路。然后顺着指路牌走,走不了多长时间就能到山岭。这里天晴时候可以看到富士山,算是个很好的旅游景点。不巧的是,今天阴天。当霞和邦彦到山岭的时候,停车场里只零星停了几辆车,还有几个走着来看名胜古迹的游客。

距离镜像里看到的"保彦"的死期,还有六天。

霞握住手镜,再次下定决心。

绝对要把孩子救回来。

找出将自己孩子卷入死亡命运的原因,改变过去。

邦彦站在朝着山岭方向生长的大树树荫下说:

"……我求婚,是这附近吧?"

"是啊。"霞点点头。"可是,为什么你要选这个地方啊?"

> 改写
> REVISION BY HARUKA HOJO

问到这，邦彦突然一脸尴尬的表情，转过脸不敢看霞。

"……哎呀，因为啊，家里没那个气氛对吧？我也想过干脆出静冈，找个有名的饭店吃着晚餐求婚。可是首先，你就不喜欢在外面吃饭。我一想要是这样的话，从清水的舞台上跳下来求婚这样行不行？再顺着这个思路，我觉得找个高处应该挺不错的，然后我一咬牙一跺脚，就来这儿了。"

"就算你从这儿跳下去……"

霞从山岭探出身子往下看了看，底下全是树，除了高速公路之外也看不见别的东西。

"反正是斜坡，我觉得应该死不了吧。"

"所以啊，一到这种开阔的地方，男人就有勇气了。感觉就跟站舞台上似的。"

"是这么回事吗……"

霞一边回答着一边也没有放松警惕，仔细观察周围。

有没有什么地方和我们记忆里不一样？

有没有被改变了的过去？

然后为什么时间会否定自己和邦彦的儿子呢？

答案，一定藏在哪里。

"咔嚓"，霞的鞋子踩到了什么金属物体，发出了声音。

把脚挪开，发现树根与树根之间，夹着一个很小的东西。

"这是……"

4
现在②

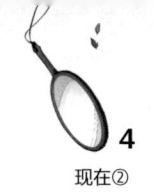

霞以为是垃圾，随手捡了起来。拍掉上面的泥和枫叶之后一看，不寒而栗。

这是枚戒指。

是昨天，她否定掉的戒指。

黄金的，祖母绿戒指。

"喂，那不是……"

"坂口先生的戒指……"

霞也惊愕地说道。

然后，过去又出现了变化。

霞的手镜，开始发光了。

她拿起镜子，看着里面的镜像。

手镜发动了。

就像是看电影一样。

黑白的，褪了色的记忆。

因为也不是那么久远的事情，所以镜像里的景色和1992年也没有太大区别。但还是有些地方，有种异物混进来的抗拒感。

"果然在……"

霞用一副理所当然的表情看着镜像里的丈夫说道。

"那可不，要是和办婚礼在一条时间线上的话，我肯定也得在这里啊。因为马上就要在这里求婚了嘛。"

改写

REVISION BY HARUKA HOJO

　　没错，如果和婚礼那时候一样的话，一定会有其他的霞，来给邦彦对"那个时候的"霞的求婚捣乱。

　　"……哎呀？"

　　邦彦看着自己的手表，发出一声怪叫。

　　"怎么了？"

　　"呃……我们，啊，不是镜像里，是现实。我们到山岭的时候，应该还是上午吧？大概十一点半？"

　　"是啊，那又怎么了？"

　　"现在变成这样了。"

　　邦彦给霞看了一下自己的手表。

　　表针显示的"现在时间"，是下午三点。

　　霞他们来到萨埵峠之后，应该没在这里待那么长时间才对。

　　"时间穿越了？"

　　"不，等一下。"邦彦好像想到了什么，开始思考起来，"……对了，确实是一个时间！"

　　"什么一个时间？"

　　"向你求婚的时间！我当时戴的也是这块表！"

　　没错。邦彦在求婚的时候戴的也是这块表。他很爱戴这块表，霞也知道的。

　　"这样的话，也就是说'现在'……"

　　"嗯，下午三点。"邦彦说道，"原来是这样！只要是同一个东

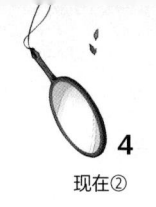

西，就会被干涉。"

"……原来如此。"

虽然之前已经用过好多次镜像，但霞也第一次注意到这点。

"……这么说，我和你差不多该来了。"

"是啊。"

霞拉住丈夫的胳膊。

"听好了，如果和婚礼是在同一条时间线上的话，其他时间线上不喜欢我和你结婚的其他的我，一定会出来捣乱。这样的话，估计你就会被踢出镜像了……"

"我知道。"

邦彦也回握妻子的手。然后用稍稍难以启齿的语气说：

"我说……其实啊，昨天我就想到了，但我觉得太危险了，就没说……"

"什么事？"

"如果其他时间线上的你，非要和别人结婚，死活不跟我的话……上次是坂口来着吧，如果我们回到现实把这个人除掉的话，其他的未来不就没法发展了？"

霞哑口无言。

并不是被这话吓到，而是丈夫说的，和当时新娘霞说"现在是1995年"的时候，自己想到的办法一模一样。

要想篡改未来，只要把相当于过去的现在中的相关人物抹除，那

改写
REVISION BY HARUKA HOJO

个人和跟他有关的未来就会消失。

现在这个时刻，虽然霞不知道坂口住在哪里，做什么工作，但她可以去查。

所以……

"不，没戏的。"霞摇摇头说，"那个时候是未来。所以，我通过先下手弄坏戒指，和未来的我连接上了。但这次是过去。算起来，应该是从过去过来的'我'，来影响现在的我了。"

霞说着说着，也觉得自己说了些奇怪的话。

从过去过来的我，影响现在的我。

也就是说，过去的霞，和现在的霞，合为一体了。

她赶忙看了看自己左手的无名指。

没有变化。

霞无名指上戴的还是邦彦给她的银戒指。

"我说，老公啊。"

"嗯？"

"我还没问过这戒指从哪儿来的呢，你在哪个店买的？"

"哦，这个啊。"

不知为什么，邦彦显得好像有点手足无措。

"嗯……其实啊，这话不太好跟你说。戒指不是在店里买的。"

"那它是从哪儿来的？"

"是从……"

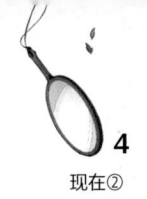

邦彦还没说完,过去的霞和邦彦出现了。

但是除他们两个之外,还有另一个人。

坂口也在。

"嗯……"

"呃,为什么?"

而且过去的霞搂着的胳膊,不是邦彦,而是坂口的。

然后,过去的邦彦,走在他们两个身后。

这时,坂口说:

"哎呀,真是多亏邦彦给介绍啊。"

听了这话,过去的邦彦也说:"这叫什么话。为了自己铁哥们,我两肋插刀啊。"

"什么情况?"

霞看着邦彦。

"不知道。"邦彦惊恐地摇摇头,"我是知道坂口先生这个人,但我没跟他说过话啊。什么铁哥们,胡扯……"

邦彦蹲在地上抱住头。

"嗯?不……不是,嗯?因为……bǎnkǒu……坂口……清先生,我的……奇怪?"

"邦彦?"

"到底怎么了,记忆……"

然后,时间停止了。

改写

REVISION BY HARUKA HOJO

过去的霞，看着现在的霞，嘲讽地笑了一下。

"你……"

"慢了一步啊。"

过去的霞左手无名指，已经戴上了银色的戒指。

"那，你……"

和邦彦，结婚了吗？

"才不是呢。"过去的霞说道，

"初次见面，千秋霞小姐。我是坂口霞。"

5 过去 ②
REVISION BY HARUKA HOJO

改写

REVISION BY HARUKA HOJO

霞赶快看向自己左手的无名指。

"……修好了！"

昨天，霞用尽全身力气彻底弄变形的戒指，恢复了原状。

"看来你没发现啊。"过去的霞开口说道，"几天前，十年后的我给我看了镜像。知道你不久之后要和邦彦发生关系。她说如果不想这样的话，以后有个叫坂口的人向你告白的时候，不要拒绝，接受他。然后，还让我跟坂口说，让他去准备这枚戒指。"

过去的霞说着，把戒指给她看。这戒指，毫无疑问就是邦彦送给霞的那个。

"为、为什么……"霞大吃一惊，"为什么十年后的我，会知道戒指的事情啊！"

"哎呀，我可是听十年后的我说，三年前的我，也就是你强行把戒指嵌在手上了哦。"

原来是这么一回事啊。

霞当时弄坏了戒指，所以三年后，也就是1995年的霞无名指上出现了那枚戒指。想办法把那枚戒指弄掉的霞，又把这枚戒指，给过去的霞看。然后，让她去准备一个相同的东西。

"这枚戒指的来源,只有邦彦知道。所以我主动去向坂口先生告白,然后让邦彦跟坂口先生搞好关系。而我,就和坂口先生结婚了。"

"……怎么会这样。"

霞垂下了头。

过去被改变了。

被扭曲了。

过去的霞邪恶地一笑:

"放心吧……我已经怀孕了,等这个镜像结束,你也回到你的现实之后,就会看到一个可爱的小宝宝了。"

"虽然不知道是男是女吧。"过去的霞又补充道。

霞沉默着怒从心头起。

别开玩笑了!

你想从我手里把"保彦"抢走?

为什么"保彦"不行?为什么你们用尽手段,也要否定我生"保彦"这条时间线?

"我……想起来了。"

邦彦呻吟着说:

"那个戒指是……'我朋友''坂口先生托我''找高中时候的朋友,现在做雕刻师的人那里''便宜的''下订单''然后交给''坂口先生'的……吧?"

"不是的!"霞大喊着,抱住丈夫的胳膊,"你的记忆,现在不

改写

REVISION BY HARUKA HOJO

过是被他们捏造了！邦彦，你是我的丈夫吧？"

"可、可是，霞。"邦彦抬起左手，"我无名指上的，戒指，已经……"

霞心里一颤。

应该戴在邦彦无名指上的银戒指，逐渐变淡。

它的存在变得越来越稀薄，感觉像是要抓不住了一样，眼看着就要消失。

"丈、丈夫……"邦彦的眼神，充满了怀疑，"我、我……是你的、丈夫？和你、霞和我，结婚了……怎么结……"

霞迅速站起身，用手给了邦彦脸一嘴巴。

"啪！"

"振作一点千秋邦彦！只有我和你，才能生下我们的'保彦'啊！"

"真恶心。"

过去的霞说出这么一句，"你胡说什么呢？没准在三年后还活着的我。为什么我和邦彦，必须成为夫妇啊？"

"不这样的话就生不出'保彦'啊！"

"我都说了，替代他的孩子，就在这里啊。"

过去的霞，摸了摸自己的肚子。

"好吧，为了向努力到这一步的你表达敬意，如果他是个男孩，我就给他起名叫'保彦'吧。只不过不叫千秋'保彦'，而是坂口'保彦'就是了。"

5

过去②

"你这家伙！"

霞已经想不了别的东西。

脑子里只有对做出愚蠢选择的过去的霞，无尽的憎恨。

霞没多想就直接冲了过去，当然她的身体，也只是直接穿过了过去的霞的身体罢了。

"你知道的吧，也许能在未来活下去的我……这里是镜像。不过是个影像罢了……是触碰不到的。"

"我只是想制止要做错事的人，有什么错啊！"

霞怒吼着。过去的霞，则直视霞愤怒的目光，也认真地盯着她，做出了回应：

"在我看来，做错的是你。"过去的霞用嘲笑的口气说，"你有什么不满意的？我可是替你，把孩子生了哦。而且，从时间上看，我可是比你生孩子的时候要早。也就是说，你生孩子时的记忆会被我生孩子时候的记忆覆盖。虽然'疼痛'的回忆还会留下，但是那对你来说不过只是个记忆罢了。真正疼的是我。"

过去的霞眼神中带着一丝怜悯，但依旧用蔑视的口气说：

"等回到现实，富裕的老公和可爱的孩子还等着你呢。你有什么不满意的？"

"这是，不行的啊……"

过去的我，没有看到。

没有看到，那个镜像。

/107/

改写

REVISION BY HARUKA HOJO

没有看到1992年"夏天"发生的，那个现象。

没有看到好多个"保彦"。

"如果没有了我和邦彦生的'保彦'，那个镜像就不成立了啊！"

"……我听不懂你在说什么，但总之，你的阴谋已经失败了。只要过去的我选择了这一步，未来的我再怎么样也改变不了。"

过去的霞，否定了现在的霞。

然后，只要时间线还连着，霞只要离开这个镜像，这一切就会变成现实。

也就是说，她就会回到没有生下"保彦"的现实中。

"为什么你们一个个的都否定'保彦'啊……"

这时，手镜发光了。

过去的霞拿着的镜子，和现在的霞拿着的镜子，两面镜子同时发光。

"……"

两个霞都很吃惊。

因为二十七岁的霞，出现在了现在的霞的镜像里。

"你是……"

"千秋霞，是吧？"

"嗯，嗯……"

"然后，那边的是，坂口霞。"

过去②

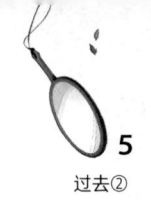

"没错。"

过去的霞，向新出现的霞提问：

"那，你又是谁？"

"我是坂口霞。但是，我是你一年之后的霞。从1992年的秋天过来的。"

一年后的霞，冲着现在的霞说：

"对不起啊，未来的我。你的选择是对的。所以，一年前的我，现在马上和坂口先生分手，然后和邦彦结婚。"

"……"

两个霞，同时被这句话惊到了。

"为什么啊！"过去的霞大声抗议，"明明是这个未来的我在做错事！我是来修正她的，为什么又要从头再来啊！"

"未来的我。"一年后的霞无视了过去的霞的话，继续说道，"不，因为过去已经改变了，所以IF的我所说可能才是对的。就是你们两个之中岁数大的那个我。"

"等，等一下。如果从'这里'开始算，一年后的我应该和我同岁才对。"

"嗯，是这个道理。总之，你说过，你孩子名字叫'保彦'对吧。"

"嗯，嗯……"

"……果然是这样啊。"

然后，一年后的霞，从现在的霞的角度讲，她才是"IF的霞"。

改写

REVISION BY HARUKA HOJO

这位霞，又说了一句更加令人吃惊的话。

"我简短地说。过去的我，生的是个女孩子，名字叫……算了这个无所谓。总之，生了一个女孩，我以为这件事我应该知道的。但是，我又在书店上班是吧。然后……"

"等一下。"现在的霞打断她的话，"我被过去改变影响，应该没在书店上班才是。"

"那我就不知道了。可能因为其他某件事的因果，对这件事造成什么影响了吧。"一年后的霞说，"未来的我，你是什么季节生的'保彦'？"

"在，秋天……"

"果然如此……"一年后的霞一副失望的表情，"差了一个季节。所以才……"

"你说什么呢？不是，你到底想说什么啊？"

过去的霞兴致勃勃地问道。

"那个呢，一年前的我，根据我的记忆，你为了从未来的我手上逃脱，为了骗和邦彦结婚的我，自己主动和坂口先生交往，还怀孕了是吧？"

"是啊，那又怎么样？"

"这个可不太好呢。问题和丈夫是不是坂口先生没关系，主要是季节差了一个。所以，这些事情都浪费了。"

"那……"

5

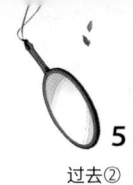

过去②

"行了,你直接从结论说吧。到底发生什么了?"

"从结论上讲的话,事情就更麻烦了。所以,我按我的理解尽量跟你们解释清楚。"一年后的霞,不知为何表情非常迷茫,"我现在情况非常危急。不光是我,整个兴津的人都一样……因为发生了某件事,我不得不暂时和镜子分开。所以,光是联系上你们就花了很长时间。"

按理说,霞不会说话这么没有条理。

就好像这一年让她变了个样一样。

接下来要讲的就是,现在的霞和一年后的霞,她们所过的一年究竟有多大的不同。

"一年前的我,反正两边都会体验到的,就不用说明了。对于未来的我来说,我就算什么都不做,你从镜像里面出来之后也要体验到的,也应该不用我说明就是了。"

"啰啰唆唆的,挑重点说啊。"

过去的霞催促道。

"那我就挑重点说了。"

呼。霞呼了一口气,用疲惫的口气说出了一件超乎想象的事情。

"我呢,夏天生了个女孩子。"

"就这?"

"夏天,我遇到了一个叫保彦的少年。"

"……然后呢?"

改写

REVISION
BY
HARUKA
HOJO

"然后,我从某个镜像里看到了,从结果上来说变成一个特别严重的事。"

"严重的事?"

"最后呢,兴津发生了大地震,整个城市都毁灭了。"

"……什么?!"

接下来,还是用她……坂口霞的观点来叙述吧。

6
未来②
REVISION BY HARUKA HOJO

改写

REVISION BY HARUKA HOJO

和坂口清结婚之后，霞也改姓坂口，全名变成了坂口霞。

坂口清在上大学的时候就在书店打工，然后被一块打工的霞告白，两人开始交往。坂口大学毕业之后，在本地中学当上了老师，两人就结婚了。跟她叫千秋霞，丈夫是邦彦的时候相比，他们租的公寓换到了兴津北边的地方，在那里过着新婚生活。

很快，霞发现自己怀孕，然后在夏天生了孩子。生的是个女儿，名字从丈夫名字里取"清"，妻子名字霞里取谐音字"华"，两者组合成"清华"。

和邦彦不同，坂口双亲健在，霞重新回去上班之后，把孩子交给公公婆婆的次数变多了。老两口非常开心能抱上孙子，也乐意帮忙照看孩子。

1992年，夏天。

日期是，7月20日之后。

霞打工的书店在静冈县有很多分店，本地人一说书店肯定是指他们家的兴津分店。

一个周六，店长把霞叫出来，想让她去静冈总店帮忙。就去周六日两天，过去帮忙整理库存和收银。

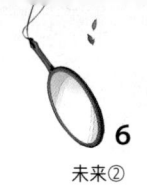

"知道了。到时候我去静冈总店。"

霞没想太多，就接了这个工作。

假如说，这个时候霞发动镜像，知道周六、日两天会发生什么的话，她肯定会拒绝吧。但工作中的霞，没这么做。

话说回来，她要去的静冈本店，在骏府公园附近。

巧的是，霞高中时候的朋友就住在骏府公园旁边。

"对了，把清华也带过去吧。休息的时候让她到公园玩，上班的时候就放在朋友家。"

霞这么想也是很自然的。

坂口的父母爽快地答应了。老两口跟儿子一样都当过老师，知道儿子在周末也顾不上妻子和孩子吧。

得到丈夫同意后，霞给高中朋友打了个电话，对方也同意了。

事情就这么快速推进。

就像是被什么引导着一样。

仿佛有人在说，必须这么发展一样。

出事的周六。

工作内容本身和平时没什么区别。霞把女儿交给朋友，去总店打完招呼之后，开始在柜台收银。

时间大概是周六下午三点。看着像是初中生的一男一女两位客人，来到书店。

改写
REVISION BY HARUKA HOJO

男学生眼里只有书架，女学生则是咨询刚巧在旁边搬书的霞：

"不好意思，我们在找书。"

"好的。"霞放下手头的工作，"您知道作者的姓名，或者书名吗？"

"不好意思，都不太清楚。"

"那您知道是哪家出版社的书吗？"

"这个也……"

"那……"

这时霞感到有些奇怪。

这个人想找什么书，霞完全摸不着头脑。

向她提问的女中学生自己好像也不知道。

即便如此，霞也要去完成自己的工作。

"那您知道它属于哪种书吗？是小说？还是随笔？还是学术专著？"

"啊，这个的话我知道。我觉得大概是小说。"

"小说的话，是哪种类型的呢？奇幻类的？还是恋爱小说？"

因为对方是初中生，所以霞把选项限定在了这两个上。可是，那女孩却摇了摇头。

"他说是校园小说……"

女初中生转过身来，对埋头在后面书架上找书的男生说道。

"这……"

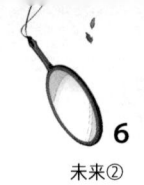

霞推测，她的意思应该是校园背景的小说。

但是，只有这点线索也找不到她想找的书。因为校园背景的小说太多了。

"他说"。那就说明想找书的人是后面的他，而不是她吧。

霞这么想着，也和女学生一样看向了扎在书架里都快啃上书架的男生。

发不出声音。

不知道为什么，霞心里突然涌上了什么东西。

中学生里偏高的身材，略显棕色的头发，点缀着绿色的眸子。

既不是喜欢，也不是爱。

硬要说的话，是命运。

本应该相遇，并在此刻相遇的两人。

不知为什么，霞想到了这些。

这个时候，用一句话形容飞到霞心里的东西的话——

"想抱住他，摸摸他的头……"

就是类似这样的一种感情。

"小说正文是有的。"

"呃，嗯？"

"就是这个……"

霞慌忙回到工作中。刚才看那位少年看得太入迷，都快忘了自己还在工作。

改写

REVISION BY HARUKA HOJO

女学生，递给她一个纸片似的东西。

的确，看起来像是小说。

"……只有这些吗？"

"是的。"

看着眼前点着头的女学生，霞有些困惑。

确实，这是小说没错。这个她能明白。

但是只有一页。而且内容也只是文章开头部分。

"这可……"

除此之外，没有其他线索。

不知道书名，也不知道作者。

也就是说，除了读过这本书的人，其他人根本找不出来。

如果是个评论家的话，可能会读过。或者，这一页小说的作者是一个文风极其独特的人，那没准儿从文笔中能隐约猜出来。但是，就算是书虫也好，店员也罢，光靠这一页是找不出来的。

想是这么想，但作为一个店员，"不好意思，这个我也不知道。"这种话是不能说的。

霞决定去问其他店员了。

"实在是不好意思，您能稍等一下吗？"

"好的。"

霞把老实点头的女孩留在那里，回到收银台。

然后，霞把女孩带过来的纸片给临时上司似的人看。

"有位客人说想找一下这本小说,您知道这是哪本吗?"

"嗯?"上司一脸吃惊的表情,"呃,这……我上哪儿知道去啊。就一张纸谁猜得出来啊?"

"这样啊……"

霞也开始含糊起来。

"等一下。"上司把其他店员叫了过来,"有谁看过这本小说吗?"

趁着大家都凑到收银台的时候,霞悄悄钻了出来。

她想再看刚才那个男孩子一眼。

想再,亲眼看一下。

霞被那孩子死死地吸引,心里一团乱麻。

那个男学生,还在摞着书架。

拿下几本书,用手翻翻,读一会儿,又把它放回去,然后接着去翻其他的书。

这一身动作与其说他是在找书,不如说更像是完全没见过书的人的表现,"嘿,书原来是这么个东西啊。"充满新鲜感,眼睛闪着光。

刚才那个女学生走近那个男生身边:

"保彦君,好像这家店也找不到呢。"

"嗯?"男学生转过头,"啊这样啊,嗯……这可不好办啊。"

少年虽然这么说着,但表情可没有一点难办的样子。

"我想本地的图书馆没有的话……到静冈找,应该能发现点什

改写
REVISION BY HARUKA HOJO

么的。"

女学生也一脸困扰地说：

"这是全县最大的书店了，这里要是没有，估计去其他书店也……"

"算了，别在意，樱井同学。本来我也没抱太高期待。"

"对不起啊保彦君，难得一个周六就这么浪费了……"

"没事。"

听到这番对话的霞惊呆在原地。

女学生的话是对的。我们店在整个县无论是库存还是品种，估计都是最丰富的。所以，如果在这家店找不到的话，恐怕去其他店也……这样的推测是对的。

但是，让霞定在原地的，是这位少年的名字。

"保彦……"

为什么这个名字听起来如此轻快？

然后又如此怀念？

霞当然没有叫保彦的朋友。

可为什么自己听到这个名字，不知不觉就会涌上一股乡愁呢？

这名字就像是自己落在某个地方的东西。

就像是曾在某个时间，某个地点见过这个名字一样。

"啊……"

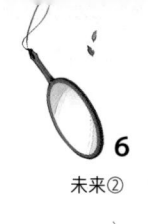

霞，想起来。

一年前的事。

"镜像里……"

这不是未来的霞提到过的，自己当时一笑了之的那个事吗？

自己孩子的名字，叫"保彦"。

同时，霞又想到了一个"实现保彦这位少年愿望的方法"。

此刻，霞并没有其他目的。

单纯只是一名书店店员，遇到有客人拿着书的一部分，问她知不知道这是什么书而已。所以，她也想找到这本书。

作为书店店员，回应客人的需求是理所应当的。

霞就拿它当作理由。

而说真的，她只是……

"我想再看看那孩子。"

仅此而已。

再这样下去，那两人可能就要去其他书店了。

那位少女说，这家书店找不到的话县里的书店大概都找不到，这句话是对的。

话没错，但每个人的知识储备则是另一回事。没准去其他书店真就能碰上读过他要找的这本小说的店员。

这么想应该是很正常的吧。霞也是这么想的。

所以，霞把它拿了出来。

改写

REVISION
BY
HARUKA
HOJO

悄悄藏在书架背面的那个东西。

没错,自己是有办法知道的。

"……只要看到他们找到想找的书的镜像就可以了。"

能使用镜像的霞,得出了这样的结论。

当她得到结论的这一刻,时间就开始错乱了。

因为"找到"是根本不可能的。

她想寻找不存在的未来。

想找的未来,不见了。

但她依旧要去找这个不见了的未来。

镜子,发光了。

假如说,就算这真的是一面能看到未来的手镜,然后,未来可以无限延伸的话,未来可以持续到100000000000000000000000000年以后,如果向这面能看到未来的手镜许愿,让它展示100000000000000000000000000年的话,会怎么样呢?

就会变成这样。

"拜托了,请给我看两人找到那本书的未来。"

镜子是无罪的。

"100日元,把这个苹果卖给我。"

这是对的。一个苹果差不多也就这个价。

"空气有污染,给我一罐新鲜空气。"

这也是对的。

但是，空气眼睛是看不到的。

也摸不到。

地球上到处都是空气，所以就算空气罐是空的，"这个空罐子里，没有空气。"这个事情也没法证明。因为没有空气的地方，可能只有宇宙。

也就是说，有些事就算能证明它有，也没法证明它没有。

没有的东西，你不能去要。

因为它不存在，所以只能说它没有。

数学的世界里，有负数这个单位，但能用负数来表示的实物并不存在。

如果真有这种东西的话，就会变成这样。

比如说，那边一开始有十个吧。然后，不知道为什么，少了三个。也就是，负三。用实数表示是七个，但用现象来表示的话是负三。

那么，镜子会怎么回答呢？

再怎么找，再怎么找，也没有。

如果镜子能出声的话，它应该会这么说吧：

"没有。"

"哪里都没有哦？"

"确实按理说如果时间可以无限延伸的话，应该在某个时间存在的……"

改写

REVISION BY HARUKA HOJO

"理由就是,那个男孩子,我在2300年附近看到了。"

"但是,那个男孩子所处的时代,已经没有'书'这种东西了。"

"然后我一直查到了1000000000000000000000000000年后,但还是没找到!"

"那就应该是没有了。"

"奇怪……"

这句是霞说的。

奇怪,事情不对。

之前从来没发生过这种情况。只要霞想看,镜子会在瞬间把未来展示给她。

可偏偏这次,镜子没有回答。

虽然发了一次光,但短短几秒钟后就消失了。

也就是下文所说的状态。

不存在。

这样的未来,不存在。

不存在的东西,显示不出来。

显示不出来,是因为它不存在。

但是,霞有不同的理解。

"是我的问法有问题吗?呃,那能不能告诉我,那两人拿的那页纸,是来自哪本书的?"

霞也是无罪的。

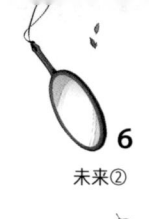

因为她觉得那本书是已经发售的书。

所以,买的人是谁都无所谓。

但一定有人买了这本书才是。

她想让镜子,给她看买下这本书的人的"未来"。

人也好,东西也罢,只要它出现过,就一定不会被世上存在的其他东西无视。

一定会因为什么和某个人产生联系。

所以,通过时间的联系,这个手镜一定会发现什么线索,然后把未来给她看。

作为霞来说,如果她只要知道这本书的书名和作者就可以了的话,这么问是对的。

而真正有错误的是那本书。

霞不知道这本书是"明明有,但不存在"的书。

此时,在保彦身旁,那位叫樱井的少女也不知道。

而镜子,此时也不知道。

但是,勤奋的镜子开始工作了。

再来一次,如果镜子会说话的话,应该会这么说。

"嗯,知道了。我找找看。"

"……奇,奇怪?没有啊。这个也没有。"

"怎么可能啊。因为既然那边有,那就一定会在某个地方啊。"

"……有,有了。有了。一模一样的东西。在1992年的夏天找

改写

REVISION BY HARUKA HOJO

到了。"

"……呃，但是，怪了？这里也有。"

"呃，呃，这里也有，那里也有！"

"怎、怎么回事，太奇怪了。为什么偏偏这个时代，有这么巨量的情报涌过来啊。"

"这个男生是怎么回事，太奇怪了！有好多！"

"是那孩子拿的那本书吧。呃，那个叫樱井的。"

"嗯？"

这句是霞说的。

镜子姑且运转了一下。

把在不远的将来，樱井身上发生的事情照出来了。

"这，这是，什么……"

霞当然无法理解。

在镜像里看到了这位叫樱井的女孩长大后的模样。

樱井在夜里某条路上走着。

然后，暗处突然跳出一个"男人"，用石头把她砸死了。

"……"

霞无法理解镜像给她看的是什么东西。

如果镜子能说话的话，它会这么说：

"那，那孩子死了。所以没法继续看那孩子的未来了。"

"那，从男生那边查一下试试。"

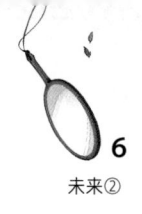

"……都说了,那孩子有问题!1992年有一堆他!"

"……呃,这边也有。那个男孩。"

"……呃,这就怪了。这边的男孩,怎么还是个小婴儿啊?"

"怪了。人类一年会有这么大变化吗?"

"算了,总之那个孩子现在是这样的。"

镜子运转了一番,然后把"保彦"的镜像拿给霞看。

霞应该蒙了吧。

因为她看到的是,在医院的病床上被高烧折磨的"保彦"。

然后,因为这个镜像成立了,

"唔……"有人发出了呻吟声,"怎、怎、怎么回事?"

"保彦君?"

发出呻吟的不是别人正是保彦。

看到这个场景霞发出悲鸣。

"为什么?"她无法理解,"为什么?我就是想看一下未来,为什么会发生这种事?"

"保彦君,你怎么了?哪里不舒服吗?"

"这是……怎么了?"保彦脸色铁青,"屏障……装置,被解除了……"

霞不知道。

这位少年是从遥远的未来穿越来的未来人。

因为未来世界被化学药品污染,已经不适合人类居住。

改写

REVISION BY HARUKA HOJO

所以未来的人，通过包裹全身的透明薄膜，也就是屏障保护自己。当然，保彦也做了这样的处理。

霞因为看了保彦的镜像，把他的屏障解除了。

要让镜子回答为什么的话，它会这么说：

"因为那边的'保彦'现在是'这样'的啊。"

"那这边的保彦，不变成那样就很奇怪吧。"

"因为他们两个是同一个人嘛。"

于是，屏障被强制解除了。

为了同步，时间线就固定了。

因为不变成这样就出bug（问题）了。

从结果来说，被强制解除了装置的保彦，很快就被这个时代特有的病毒感染了。

本来他是受保护的，但因为他感染了病毒，这层保护也失去了作用。

"保彦"开始发烧，就是这个原因。

"喂，出什么事了？"

"客人他……"

"对不起，帮忙叫一下救护车。"

一看出了事，人们便凑了过来。

站在人群旁边的霞慌了。

为什么会变成这样？

未来②

自己明明只是想看一下未来而已。

这段时间镜子还在工作。

"……没有!"

"我找遍了,还是没找到那本书!"

"这个时代有问题。光到处飞。而且还是紫色的光。"

"啊,这是什么情况,烦死了!一会儿往那边,一会儿往这边,'未来'太多了分不清了!"

"……呃?"

从镜子的角度讲,现在这种情况应该叫荒谬吧。

在"1992年的夏天"居然看到了这么多无法理解的"现在"和"未来"的混合,而再往后的未来……

"喂,那是……"

"坂口先生的戒指……"

然后,其他时间轴上的霞和邦彦,也在通过自己操作着时间轴。

站在镜子的角度,就像是被人命令"不同的活给我同时干"一样,"谁干得了啊!"这么发火也是有理由的。

这样的结果……

"喂,喂……"

"这是什么?"

"身体……"

现场的各色人等……客人和店员都开始发怵。

改写

REVISION BY HARUKA HOJO

保彦的身体开始变得透明。

就好像他在这里存在就是错的。

就像是过去错了一样。

映在霞镜子里的所有过去,交错着,中断着,或被某人改写,或被某人修正,或回归到某个中断的路径上。

书店,陷入了慌乱状态。

"够了!"霞冲镜子喊道,"我不知道你在做什么,现在把时间恢复正常!"

这对于镜子来说,也是一个不讲理的要求吧。

再怎么说,现在扭曲的是时间。

错了的也是时间。

而镜子,不过是把这些照出来而已。

那个人,在其他时间轴上不是书店店员,而是消防员。所以如果时间的动线恢复正常的话,那个人就不能在这里了。

那个人在其他时间轴上已经死了。所以他活着未来就会出现bug。所以现在必须弄死他。

因为未来只有一个。

明明应该只有一个,现在却有很多个。

所以,对于镜子来说,"这就是未来啊。"

"但是,这个也是未来。"

"哪个是对的?这我不知道。"

未来②

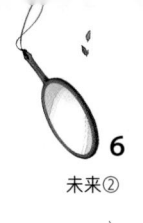

"存在就是存在，没有就是没有。"

"时间恢复正常？真要恢复的话，就会变成这样吧。"

"总之，停下来！什么都不要做了！"

霞这样一喊，镜子总算是停止了运转。

与此同时，书店里的混乱，也终于平息了。

但是，时间来回变化的影响依然存在。

有些人的穿着、打扮、发型完全变了。

未来和过去的，交错重合。

因为那个时候，那个东西，是那个样子的，所以现在也变成了这样。

在弯道非要直着走，最后就会变成这样。

就算问哪边是对的？也没有正确答案。

所以，镜子就把自己照出来的世界，"原封不动"地展示出来。

如果镜像里看见的东西是错的，就会通过这个结果显示出来。也就是，发生了改写。

就连镜子也没有预测到，这些与之后产生的，把兴津一带彻底破坏的大地震的未来，是联系在一起的。

特殊状况引发的混乱渐渐平静了，但是人群中那位被高烧折磨的少年，还躺在那里。

"保彦君！你没事吧？……不好意思，谁能帮忙叫一下救护车？"

改写
REVISION BY HARUKA HOJO

霞终于注意到周围的情况了。

那位少年，倒在两个书架之间，被掉下来的书埋在下面。

看上去像是发了烧，喘着粗气，满脸通红。

救护车很快就过来了。救护车停在书店的进货口，保彦和那位叫樱井的少女上了车。在现场的霞，"为什么……我，必须上这辆车……"命运告诉她，要这样做。她有种这样的感觉。

因为霞在镜像里看到了，"她一起上了送'保彦'到医院的救护车"这个真实的未来。

就算结婚对象这个"过去"不一样，但镜像是绝对的。

作为书店，也应该派个人随时汇报情况。霞就拿这个当作陪同的借口。

于是，她也上了这辆救护车，目的地是县医院。

救护车上，樱井说了自己的住址和电话，但是……

"然后，这边的……保彦君的联络方式呢？"

"呃，这个……"

不知为什么，面对急救人员的提问，樱井没有回答。

"我们必须联系他家长啊。"

"这个……我知道。"

"唉……之后，我问他本人也行吧。"

很快，车就到了县医院。

保彦被急救人员搬到医院的时候，霞悄悄从现场离开了。

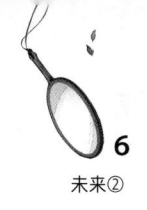

跟着去诊疗室也帮不上忙，不做这些，霞也有别的办法帮他。

穿过休息室走进厕所，把隔间锁上后，霞掏出手镜。

"……已经没事了吧？"

霞轻声问镜子。

"不会发生刚才那样的事了吧？"

镜子没有回答。

"……请把那两人，保彦君和樱井小姐的未来，给我看。"

镜子发光了。

诊疗室里，现在保彦正在接受治疗，所以她想看的未来，基本就相当于现在。可就是这些，让霞看得大吃一惊。

镜子里，一个个子高高，戴着眼镜的男医生正在给保彦看病。

这个医生，其他时间线的霞一看，确实会大吃一惊吧。他正是秋天为"保彦"看病的儿科医生高桥。

而这位高桥医生，正瘫坐在椅子上，眼睛对不上焦，应该是失去意识了。

霞歪了歪头。

为什么？

镜像里的樱井，这时说道：

"保彦君……可以吗？给这个人也用那个。可你再不接受治疗就……"

"没、关、系。"

改写

REVISION BY HARUKA HOJO

保彦从空中拿出装着什么东西的瓶子。

他从瓶子里取出一片紫色的药片放到嘴里，然后吞下。瞬间，保彦整个人消失，然后在霞吃惊之前又重新出现。

"保彦君……刚才，发生什么了？"

"稍微，去未来接受了一下治疗。已经没事了，因为屏障已经重新展开了。"

这个保彦，在说谎。

因为他现在，处于无法回到"未来"的状态。

所以，他其实是用了从未来带到这个时代的急救包，给自己治了一下。他觉得不用把这件事也挑明，而且，他也知道他为什么要说这种谎。

恢复健康的保彦，冲着高桥医生命令道：

"把我的病历全都处理掉。要是有人问那个叫什么保彦的患者怎么样了？你就回答，给了他一片紫色的薰衣草香味的药就治好了。"

过了一会儿，意识蒙眬的高桥医生答道：

"……好的。"

缓缓地点了下头。

看到这些之后的保彦站起来，牵住樱井的手。

"来，走吧，樱井同学。"

"啊，嗯……"

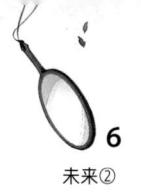

镜像，到此结束。

这解释了过去"保彦"的病历为什么消失，以及为什么"保彦"吃过高桥医生开的药之后能够退烧。

7 现在 ③
REVISION BY HARUKA HOJO

改写

REVISION
BY
HARUKA
HOJO

一年后的霞讲到这里,过去的霞和现在的霞都陷入了沉默。

"……所以呢?"过去的霞说道,"我现在知道我未来会遇到这个事了,可这些为什么跟兴津发生地震的未来联系着呢?"

"我也不知道。"镜像里的霞说,"但是你们看。此时此刻我这边,实际体验过了1992年夏天之后的秋天是这样的。"

一年后的霞,把镜子转了一下。镜像的内容变了。

"……"

"呃,不是吧……"

两个霞都沉默了。

熟悉的城市风景,变得乱七八糟。

商业街处于废墟状态,有的地方屋顶塌了,底下一片血泊。

车站也塌了,铁路的铁轨错了位,电车脱轨凄惨地躺在一边,玻璃全碎,血从里面流出来。

霞和邦彦住的公寓也是,整个建筑彻底垮塌了。

一年后的霞跟惊得说不出话的两个霞说,因为经历了这么凄惨的过去,所以现在的她完全变成了另一种人格。

"……我是看到了这样的镜像才知道的。但是,我没把这件事和

老公还有公公婆婆说。"

最后，她的丈夫坂口清也死了。

地震发生在大中午，他在中学为了保护学生牺牲了。

公公婆婆也死了。

而霞现在待在避难所的一角，跟女儿清华一起避难。

"……女儿呢？她没事吧？"

过去的霞一边摸着自己的肚子，一边问道。

"嗯……我唯独不想让这孩子遭难，所以地震当天，我把她送到静冈的朋友那边，让她别被波及。"

但是，城里死了好多人。

虽然还没有统计完，但据说死亡人数应该超过千人。

"怎么会！"过去的霞脸色铁青着说，"就算你看过镜像，可为什么会发生地震啊！"

"因为，那边的我……和邦彦结婚的我，你的未来没发生地震吧？"

"呃，嗯。"

霞点了下头。

虽然熟悉的医院变了，工作丢了，她们自己也受了不少损失，但霞所了解的现在，并没有发生那么糟糕的事情。

当然，也没有发生什么地震。

"我觉得，大概应该是我在什么地方搞错了。然后结果导致其他

改写

REVISION BY HARUKA HOJO

人也被卷进来了……"

霞脑子里想到了一件事。

那个十年后的自己……

砸了镜子的自己,恐怕不是"这个"霞未来的终点吧。

应该不是,因为她知道了自己未来不可能幸福,所以最后才把镜子砸了。

霞如此确信。

为什么霞和坂口结婚,进而在静冈与"保彦"见面后,兴津就发生大地震了呢?

这件事,哪个霞都无法理解。

所以要从完全不同的视角,把事情的经过告诉大家。

从高桥医生身边逃出来的保彦和樱井,在医院里迷了路。

本来医院里面就很复杂,再加上两人都是头一次来县医院,根本找不到走出去的路。

"用那个药,就能出去了吧?"

了解情况的樱井向保彦问道,但他摇了摇头。

"我不想让别人看到穿越的瞬间。所以,刚才我就一直在找能避人耳目的地方……"

医院里面拥挤不堪。到处都是人,患者在里面走,护士站着聊

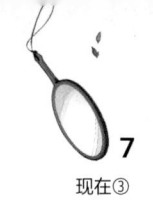

天，医生进进出出，根本没有没人的地方。

最后，两人到了厕所门口，保彦想这里应该行吧，正要掏药的时候突然想起了什么，咂了下嘴又停住了。

看到保彦这样，樱井歪了歪头问：

"不用穿越的药回冈部吗？"

保彦拿的那个药，在穿越时间的同时，还可以跨越空间。

所以，樱井就以为保彦会把药分给她，然后分别进男女厕所的隔间里吃。但保彦否定了这个行动。

"……我倒是能行，可你就算吃了这药也……"

"啊。"

这样啊，樱井想起来了。

保彦的药，要是保彦以外的人吃，五秒钟后药效就会失灵。保彦以外的人，无论飞到哪里，无论想去哪个时代，药效只能起五秒钟。到了第六秒，就会回到原来的地方，原来的时代，原来的时空。

所以，保彦吃了药能回到冈部。但樱井就算吃了，五秒钟之后也会回到医院女厕所的隔间里。

樱井考虑到这点，对保彦说：

"啊，要是这样的话，保彦君你一个人回去就行。我坐电车或者公交也能正常回去。"

保彦稍稍思考了一会儿，拒绝了樱井的提案。

"……把女生扔在这里，不符合我的原则，还是一起找出口，一

改写
REVISION
BY
HARUKA
HOJO

起回去吧。"

说着,保彦拉住樱井的手。

樱井脸微微泛红,但保彦没注意这些。

什么原则之类的,都是嘴上的说辞。保彦心里想的是:……不能让她一个人行动,要是遇到了那本书上没写到的事情就麻烦了。

这才是真正的理由。

因为那本书上,并不存在主人公和未来人一起去医院的内容。

所以保彦说:

"今天,去书店的事,我倒下的事,被送到医院的事,全都要对班上同学保密哦。我不想让他们担心。"

"……倒下的事情不说能理解,去书店的事情也不能说吗?"

"你想,今天那件事,现场的其他人也知道吧?没准还会登到报纸上。这样的话,那个时间,我们在那个书店的事要是让大家知道了,不就麻烦了吗?"

他特意又强调了一遍。于是樱井说:"知道了。"点了点头。

保彦一边在医院里走来走去找出口,一边想:为什么屏障装置,突然被解除了呢?

他应该做了万全的准备。最重要的是,这个时代不应该有能够干扰装置的电波或信号。

那为什么?

有什么,不对劲。

7

现在③

就连徘徊在时间里的旅行者保彦也不明白,某种东西正在发生。

这就是镜像。

保彦和樱井,拐到了某条路上。

他们不应该拐的。

因为一直往前走的话,离出口更近,应该不会发生任何事情。

但是,他们拐了。

时间也被扭曲了。

先注意到这些的,是樱井。

"——奇怪?"

她歪了歪头。

因为从前面走过来的白衣男人她看着眼熟。

他正是刚才被保彦洗脑的高桥医生。

但这个时候他已经不是医生了。

他变成了药剂师。

"我说,保彦君。"

樱井,悄悄指了指高桥。

"你对那个人,再使一下刚才那招,让他带我们去出口不就好了?"

"对同一个人反复使用会出事的。"

所以啊,当保彦正要继续说的时候,他也发现了。

不一样。

改写
REVISION BY HARUKA HOJO

　　刚才给他看病的高桥医生，和前面走过来的这个高桥，好像不一样。

　　当然，身为未来人，他通过服装和气场是分不出来这个时代的医生和药剂师的。

　　虽然分不出来，但是有什么地方不对。

　　保彦不知道。

　　自己几步之后，进的那个病房里，有"保彦"在。

　　也就是，自己在里面。

　　这个过去按理说已经被否定了。但因为改写，又重新复活了。

　　然后，药剂师高桥受女医生赤木所托，带着新调好的药，去"保彦"在里面呼呼大睡的病房。

　　保彦，有种不好的预感。

　　非常，非常不好的预感。

　　特别恶心，让他背脊发凉的预感。

　　"怎么了？"

　　可是眼前的情况没有任何特别之处。

　　在白色过道上走的老病人，出了病房的护士，走廊上开着什么会的医生。以及，拿着药的高桥。

　　怎么了？

　　怎么了？

　　这是，怎么了……

现在③

高桥一转身，走到病房里了，然后，看着呼呼大睡的"保彦"说："太好了。今天好像还没发烧。"

"嗯。"

陪在"保彦"身边的赤木医生回答道。

保彦和樱井在病房外的过道上，离病房还有十秒。

"跟千秋女士他们夫妇联系上了吗？"

高桥问道。但赤木只是摇了摇头。

还有八秒。

"到底去哪儿了啊……给家里打电话，根本打不通啊。"

"她自己说什么孩子发烧很难受，还干这事。"

高桥摸了摸熟睡着的"保彦"的脸蛋。

"孩子还这么小，真可怜……"

"嗯。"赤木点点头，"我想找个什么办法，给他治好……"

"治……"

千秋夫妻的话，又重新浮现在高桥的脑海里。

"是吃的药。紫色的，有味道。味道是薰衣草味的……"

"……薰衣草？"

高桥无意识地，嘟囔了这么一句。

"薰衣草，怎么了吗？"

赤木医生问道。

还有五秒。

改写

REVISION BY HARUKA HOJO

到底原因是什么呢？

"要是有人问，那个叫什么保彦的患者怎么样了？你就回答，给了他一片紫色的，薰衣草香味的药，就治好了。"

给高桥这个暗示的，毫无疑问是保彦本人。

虽然医生和药剂师身份不同，但这个高桥，毫无疑问是刚才被保彦洗脑的高桥。

还有四秒。

在过道上走的保彦，突然感受到了一股非比寻常的气氛，脸色铁青。

"怎么了？"

保彦的感觉好像宣告着什么。

有什么。

要来了。

还有三秒。

在病房里睡觉的"保彦"，突然哭了起来。

为什么会哭，不知道。

没发烧，不应该有什么地方疼，也不该是想喝母乳。

硬要说的话，这是……

时间在命令他，给我哭。

"嗯？"

在病房附近路过的保彦站住了。

7
现在③

"哎呀，小婴儿？"

樱井也站住了。

"哎呀哎呀，怎么了？"赤木抱起"保彦"，"看起来也不是饿了……高桥医生，我带孩子去外面呼吸下新鲜空气。"

"薰衣草……"

高桥脑子里还在想这个事。

只要有薰衣草的药，就能把"保彦"治好。

还有两秒。

"……不好！"

"嗯？"

保彦感受到了什么。

他取出穿越时空的药。

他想跑。

"……啊。"

但是，牵着那只手热热的。

没错，保彦现在和樱井在一起。

保彦本人，吃一颗药怎么都能解决问题。但是她……

"……如果'她'是作者的话，我就永远没法回到未来！"

就会被留在这个时代。

这个想法，在保彦的脑子里闪现了一下。

还有一秒。

改写

REVISION BY HARUKA HOJO

保彦手一滑，瓶盖开了。

一颗薰衣草的药滚了出来。

药片滚啊滚，最后滚到了正要出屋的高桥脚下。

高桥捡起它。

"……这是什么？……薰衣草？"

"给了他一片紫色的，薰衣草香味的药，就治好了。"

这个暗示控制了他。

"那我就去外面……"

赤木抱着"保彦"，准备往外走。

高桥无意识地把捡起药片的手，伸到了"保彦"小嘴的方向。

这时，保彦和樱井，刚好要从病房门口过。

啊……

不要让那两人见面啊！！！

这就是兴津一带几乎陷入毁灭的巨大地震的原因。

因为摇晃，高桥手一滑，药滑进了"保彦"的嘴里。

从此"保彦"消失在了某个未知的时空中。

过道的保彦调强了屏障装置，保护了樱井。

之后，两人飞到空中，回到静冈市，回到冈部町。

7

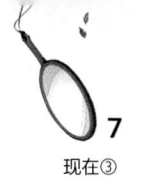

现在③

故事回到霞她们这边吧。

"……我知道了。"过去的霞，看到一年后的自己给放的支离破碎的兴津市画面后，很痛快地接受了。

"虽然很不爽，但是我能理解不应该跟这种会有很多人死亡的未来联系在一起。"

她摘下银色的戒指递给了现在的霞。

然后掏出坂口给她的金戒指。

"真是的，这品位真烂。"

她把戒指扔到地上，狠狠踩了一脚。

戒指，嵌在了树根和树根之间。

"啊……"

所以在未来，它会出现在这个地方啊。现在的霞理解了。

"那我回去了。"

过去的霞粗鲁地说道。

"回去……啊，和邦彦……是吗？"

在那里，她看到了未来的邦彦，也就是现在霞的丈夫。还有未来的自己。

"……为什么会变成这样？你现在是什么心情啊？还连带着把孩子都生了。"

"这个嘛，我也不清楚。"现在的霞坦率地说，"不过……命运大概不就是如此吗？"

改写

REVISION BY HARUKA HOJO

"真恶心。"过去的霞也坦率地回答,"算了,就这样吧,总比地震好……"

转过头,过去的霞背着身说:"……我先说好,你们绝对不会幸福的。即使这样你们还是要选这个未来吗?"

"嗯。"

霞用力点点头。

"……你要是看到生下来的孩子,看到'保彦'之后,你也一定能理解的。"

"就是因为不想理解,所以才像这样改变过去的。"

过去的霞,大大地叹了一口气,重新拿好手镜。

"再见了,未来的我。"

"嗯,过去的我。"

镜像,被解除了。

邦彦突然回过神来。

"奇怪……"

然后往周围看了一圈。

这里是1992年秋天的萨埵峠。

"霞、霞……"邦彦不安地问,"怎么了?发生什么事了?坂口先生怎么样了?过去……"

"已经没事了。"

7
现在③

霞迎着秋风，如此说道。

霞的长发，在秋季的天空中飞舞。

"这样就都结束了。"

实话讲，霞也不知道究竟发生了什么。

虽然不知道发生了什么，但是她无法理解的"过去改变"得到了控制，这就可以了。

只要避开"保彦"消失的未来，这就可以了。

所以，她会在稍后的未来里，面临绝大的悲痛。

痛哭，流泪，下定跨越一千个秋天的决心。

然后也真的，开启了穿越一千个秋天的旅途。

回到家的千秋夫妻，接到了自家孩子所在的县医院打来的电话。

消失在时间彼岸的"保彦"，不，已经不用再这样了。

后面，已经没有园田保彦的戏份了。

之前为了避免把他们搞混，一直用"保彦"来指代他，现在开始就用本名吧。

也就是说，千秋保彦失踪了。

8
秋夜叉

REVISION BY HARUKA HOJO

改写

REVISION
BY
HARUKA
HOJO

霞举起一盆清水，从头上浇下去。

水的声音，回荡在神社里。

霞又打了一盆，浇在自己身上。

一遍又一遍，不断重复着这个动作。

这个净身的仪式叫水垢离。

穿上白色的衣服，专心接受水的洗礼。

兴津有家宗像神社。

在这个供奉着自己母亲坟墓的神社，霞在秋夜里，不断地重复着水垢离。

也有可能是为了隐藏自己的眼泪。

其实她许的愿是希望自己的孩子，也就是保彦平安。

她从镜像回到房间时，电话响了。

霞本想着时机刚好，没错过电话，但接了之后才知道，其实医院刚才一直在给她打来着。

因为这次的事件前所未有，医院想尽快与被害者家属，也就是千秋夫妇取得联系，所以才一直打的。

"实在是非常抱歉。"

8
秋夜叉

在院长办公室，县医院的院长向他们道歉。

除院长外，负责主治的女医生赤木和当时在现场的药剂师高桥也在屋里。

在不断道歉的医院人员面前，霞当场瘫倒在地。

兴津安全了。

没发生什么地震。

但是，三岛医院依旧还是牙科诊所，高桥医生还是药剂师，霞和邦彦，依旧被各自的公司无视。

什么都没变。

过去的改变发生了，又没发生。

只有一点。

住进医院的千秋保彦，突然从这个时空消失，是唯一的变化，这成了霞最后抵达的"未来"。

"为什么？"霞流着泪说，"我都做到这一步了，为什么还……"

事情是从十年前的自己跟自己说她不知道这个孩子开始。然后，十年后的自己，再一次说她确实没有生过这个孩子，之后阻止了三年后自己的婚事，但是，被一年前的自己抢先一步，保彦这个人差点被抹消掉。

不过，因为知道了在"那个未来"里，不久之后城市会遭受毁灭性打击，所以按理说现在应该已经回到原来的状态才对。

"我都做到这一步了……都做到这一步了……"

改写

REVISION BY HARUKA HOJO

为什么，还是一定要被否定呢？

为什么，我的保彦，不被这个时间线接受呢？

为什么啊！

"实在是非常……"

院长在道歉："我听他们说，您家孩子还是刚出生没多久的小婴儿，按理说不可能靠自己走远的。现在本院的工作人员正在全力寻找，但到目前为止还没……"

"……总之，请您重新再解释一遍情况。"邦彦用焦急的语气说，"高桥药剂师您做了什么？"

"……嗯。"高桥抬起头，"老实说，我自己也不记得究竟发生了什么……"

园田保彦的洗脑装置，洗掉了他的记忆。

所以其实问高桥，他也不记得自己不小心让保彦吃下薰衣草药片的事。

因此，从他的角度来描述的话：

"赤木医生，当时抱着您家的保彦。嗯，这里我记得。当时，因为保彦突然哭了，于是赤木医生打算带他呼吸一下新鲜空气。"

偏偏这时，喀啦一下，就那一个瞬间，地震来了。

但是很快就停了。

在日本这种程度的小摇晃就像家常便饭一样，所以赤木和高桥也没当回事。

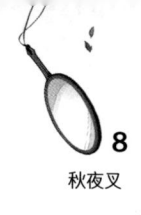

但等回过神来……

"消失了。保彦就看不见人影了……"

"赤木医生,是这样吗?"

赤木听到邦彦问到她,抬起头说:

"确实如高桥所说。我正要抱着保彦去外面转转的时候,喀啦一下,真的就是稍稍摇晃了一下,我有点没站稳,就在这时……"

"消失了。"她说。

这是什么情况啊?

为什么会消失啊?

霞不知道正因为保彦存在,所以保彦才会消失的这个事实。

这个矛盾的事实,就算霞知道事情的来龙去脉,也没法接受吧。

"现在已经派人在医院里全力去找了,所以这件事还求您千万别对外……"

院长把头都要低到桌子上了,挤出了这样一句。

"可是……"

邦彦也是一副苦涩的表情。

"如果在医院里怎么找也找不到,那会不会被人贩子拐跑了啊?"

要是这样的话,我们这边就必须报警了。

邦彦婉转地暗示了可能要这么做之后。

"我们还在找,请您现在暂时先别报警。"

院长又把头低了下去。

改写

REVISION BY HARUKA HOJO

作为医院一方，应该是不想传出这种丑闻吧。

霞和邦彦现在也只能先回家了。

虽说医院有疏忽的过错，但他们知道，就算把事情闹大，保彦该找不到还是找不到。

两人就这样一脸茫然地回到公寓，连吃晚饭的劲都提不起来，所以，"抱歉……随便，点些什么外卖吧。"

霞对邦彦说完，把自己关到卧室里，关上窗户，拉上窗帘。

霞也没开灯，直接在一片漆黑的房间里，掏出了手镜。

她是为了看这个，特意让屋里一点光都没有的。

因为她不能错过哪怕一丁点的亮光。

"拜托了。"

霞用夹杂着愤怒的声音，许愿着：

"给我看保彦的未来……现在，那孩子在哪里？"

镜子没有亮。

没有这种未来。

既然保彦已经消失了，那保彦也不存在于未来之中。

如果1992年他不在的话，那2311年他也不会在。

哪里都找不到他。

"那！"霞冲着没有运转的镜子怒吼道，"为什么会变成'这样'？……那孩子注定要死吗？是因为我改变了那些，才变成这样的吗？……回答我啊！求你了！"

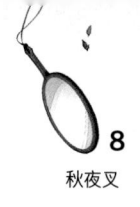

镜子，没有回答。

因为没法回答。

虽然事情经了外人的手，但终归还是因为保彦自己的命令，让保彦自己吃下了保彦自己做的药。

当然，可以说这是偶然。

有偶然的成分，但反过来说，也不能说它就不是命运。

命运，是必然发生的未来。

然后，引发这种命运的是"过去"。

因此，未来没有他。

因此，镜子没有反应。

镜子没有给霞看任何东西，无论是过去、未来，还是现在。

霞放下没有回答她的镜子，一个人走出了房间。

对着在客厅里嘬着泡面的丈夫说：

"我去散散步……"

说完这句话，正要出门的时候，丈夫说了一句：

"你可千万别脑子一热自己胡来啊。"

邦彦站起身，抱住霞的肩膀，但霞没有回话。

走到外面，在夜晚的街道上晃晃悠悠地转了一圈，最后走进了供奉宗像大权现的神社，静静地开始用水洗礼，专心向神祈祷。

"神啊……"

"拜托了。求求您……"

改写

REVISION BY HARUKA HOJO

霞对着神，全心全意地祈祷。

"求求您，救那孩子一命。"

求求您救救那个不知现在身在何处的我的孩子。

"拜托了！只要能救保彦的命，我这条命都无所谓的……"

霞是发自真心的。

只要能救回保彦，怎样都可以。

如果需要自己的命，那全都交给她便是了。

如果自己的死能拯救自己孩子的话，那现在这个瞬间，她也愿意去死。

只要能救保彦，那霞很乐意交出这条命。

这个心愿能不能传达到呢，神啊……

霞在神社院内进行水垢离，由于一次又一次往自己身上浇水，周围的地面出现了积水。

裸露的地面前方，漂浮着什么白色的东西。

因为在夜里，更重要的是，这时霞没戴眼镜。所以看得不是很清楚。不过戴上眼镜一看，她发现，那是一块白布。

"这是……"

霞从土里把这块白布一点一点拽出来。看着印在布上的文字，她吓了一跳。

"为，为什么？"

上面印着那家县医院的名字。

保彦住院的那家医院里的布,藏在了这个神社的地里。

不,是埋在里面了。

看这斑驳的样子,埋了恐怕已经不止一两百年了。

五百年,不,难道有一千年?

一千年前不可能有这家医院。

那为什么?

为什么在这个神社的地下会有印着这家医院名字的布条呢?

就在这时,神社入口方向传来了喊声。

"喂,霞!"

是邦彦。

他一步两台阶地爬了上来,喘着粗气。

"老公……"

"果然在这里啊……"

邦彦站起来,走到霞身边。一脸严肃地说:

"你可别惊讶啊?"

"怎么了?"

"你看……"

邦彦把霞的手镜,递给了霞。

"……什么?!"

霞惊讶得瞪圆了眼睛。

镜子里出现的是几年前已经去世的妈妈,她的镜像。

改写
REVISION BY HARUKA HOJO

而且妈妈还非常年轻。

"霞跟邦彦……你们俩干什么了?"

"什,什么什么啊。"邦彦狼狈地回答。

"妈,妈妈?"霞也慌了,"为,为什么妈妈……妈妈……"

"啊,我知道了。看你们的样子,在那边的未来里,我已经死了吧。"

母亲满不在乎的口气,让霞更吃惊了。

"妈妈您也……能用镜像吗?"

"jìngxiàng?……是说用这个镜子看未来吗?当然能用啊。应该说,咱们家的女人每个都能用啊。"

"啊……"

霞震惊了。

她不知道。

千秋家的女人,每个都能用?

"我也能用,我妈妈也能用,我妈妈的妈妈,当然也能用啊。"

"那您为什么不和我说啊?"

"什么说不说的,咱们家一代代都是这么过来的啊。生了女儿之后,把镜子传给女儿,结束。从此,再也不看未来。都是这么传下来的啊。"

"那么,现在的妈妈……还是应该叫,妈妈的'现在'啊。"

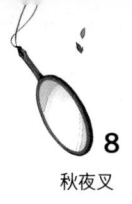

"是啊,我是生了你,但现在你走路还走不稳呢。再怎么说,这个岁数也没法把镜子传给你吧,所以我就决定,等你再长大一点再把镜子给你。"妈妈说,"按年说的话,现在是1966年。"

"那么……妈妈您,为什么……"

"不管怎么说,我也是一样,我妈妈也是这样,从过去过来跟我说的。你啊,干什么事了?"

"啊……"

对于霞来说,那就是她的姥姥。

"然后,我妈妈也是听她妈妈……啊,你们没见过吧。也就是我的姥姥跟她说,让她来问我干了什么。"

"呃,呃,等一下,呃……"

"然后妈妈的妈妈的妈妈也……"

"先等一下!"

霞喊道。

情况她已经没法理解了。

"你不去问你女儿吗?"

"我没生女儿啊!"

"啊?"

"虽然,生了个儿子……"

这条路无法继续了。

但她不想说,她不知道这条路究竟在哪里。

改写

REVISION BY HARUKA HOJO

"不可能。"

"啊……"

"咱们家是这么一代代传下来的。所以,到你们这代一定也应该这样才对。"

"这样是哪样?"

这时,妈妈好像终于注意到了。

从妈妈的视角看,她只能看到霞和邦彦。

"你……难道和邦彦?"

霞没有回答。

但是眼前的是她妈妈。对面很快就发现了。

"笨蛋!"

"因为……因为……"

"啊真是的……"妈妈挠了挠头,"话说回来,你们到底怎么了?都干什么了?全都老实交代。"

"我知道了……"

霞都说了。

交代了她和邦彦生了一个叫保彦的儿子。

但是,这个孩子发了高烧。

因为她通过镜像知道了这件事,于是她做了和镜像不同的事。

然后,过去和未来的自己,都对她说"这是错的"。

所以,为了保护保彦,她与打算抹消保彦这个人的"过去"和

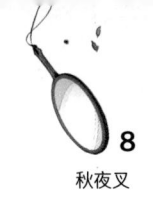

"未来"进行了斗争。

霞说到一半,妈妈训斥道:

"你在做什么傻事?"

然后,因为一年之后的霞告诉她,未来兴津要发生大地震了之后,为了躲开这个结局,她又没有按照未来那样行事。

"笨蛋!"霞她们又被妈妈训斥了,"为什么不按未来去做啊!"

"可,可是,地震要是发生了,会死人的……"

"那种事情,不是无所谓嘛。"

"什……"

"这个手镜里照出来的事情,都是无法更改的未来。是绝对,不能变的。就算看到了未来发生大地震、台风、死了人,也绝对不能去改变它啊。"

"可是,那也不能因为我们的关系,眼看着让无辜的人死了啊。"

"你还有我所处的时代还好,要是战争年代什么的,你觉得会怎么样?会看到自己的亲戚或者孩子在不远的将来死掉的。即使是这样,也不能说让他们不要参战。"

"那不是没有办法吗!"

"是啊,就是没有办法。就是不能变的。"

反正妈妈就是坚持,绝对不能改变镜像的结果。

"还有,你怎么浑身湿成这样?你干什么了?"

"在神社里做水垢离来着……啊,对了。"

改写

REVISION BY HARUKA HOJO

霞把刚才找到的布片拿给妈妈看。

"这个是我从神社的土里找到的……"

她把布条对着镜子。

就在这个瞬间,镜像发动了。

一开始,先是穿越到了妈妈身边。

穿越到了妈妈还很年轻的,1966年。

"嗯?"

"奇怪……"

穿越过来的,是霞和邦彦。

妈妈一脸惊讶的表情,站在他们身边。

"妈……"

很快,镜像再次发动。

这次,他们被吸进了妈妈的镜子里。

接着出现的,是姥姥的家。

"呃,姥……"

还没来得及问,就又被吸进了镜子。

然后是曾姥姥。

然后是曾姥姥的妈妈。

然后是曾姥姥的妈妈的妈妈。

再然后,是曾姥姥的妈妈的妈妈的妈妈。

霞和邦彦他们两个，不断被镜子带回过去。

"这，这是，什么啊……"

邦彦害怕地说。

"难道是在往布片所在的那个时代走吗？"霞嘟囔道，"但是……早就超过那个医院成立的年代了？"

没错，霞身边的环境已经过了战争年代。

穿过战争年代，到了大正、明治。

然后一次又一次地穿越江户时代。

再越过战国时代。

穿过室町年代。

跨过南北朝时代。

通过镰仓时代。

"要，要到……究竟，要到哪里？"邦彦浑身颤抖着说。

终于来到了平安时代。

那里是一片郁郁葱葱的森林。

没有任何建筑。也没有任何人造的东西。

季节是秋天。

跨越了一千个秋天之后，红叶也依旧美丽。

眼前满是比现代更鲜艳的红色和耀眼的明黄色。

时间是傍晚。

"这里是……"

改写

REVISION BY HARUKA HOJO

邦彦朝周围看了一圈。

"怎么会,为什么会回到这么久远的过去?"

霞也无法理解这种异常情况。

这时,灌木丛摇晃了一下。

霞和邦彦往那边一看,有一个穿着朴素的衣服,像是古代卷轴画里的那种女孩。

"喂,啊,那是……"

霞用手抱住自己的脸。

难以置信。

那个女孩和霞长得几乎一模一样。

很快,从另一个方向,出现了一个长得和邦彦差不多的,衣着华丽的男人。

他们好像约好在这里见面,见到之后,两人紧紧相拥。

"侠……"

"噢,大邦言大人……"

连名字都非常像。

"这是我们的祖先吗?"

"大概……是这么回事吧?"

要不然也不可能长得这么像。

可能是他们祖先的两人拥抱了一阵后,接吻了。

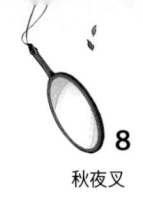

侠和大邦言，放到现在来说算是贵族。

而且，两人是同一家族的姐弟。

这层关系，他们两个都知道。但没有办法。

最后他们离开了家。打算找个遥远的地方一起生活。

关于孩子这件事，他们放弃了。

先是侠离开家，大邦言做好准备之后也离开，然后，他们打算在这里会合。

大邦言看到侠拿出来的东西，大吃一惊。

"这是刚才，从天上掉下来的。"

掉下来的是保彦。

这时，镜子里的霞发出尖叫。

"噢，这是上天赐给我们的……"

大邦言也很开心。

"这很好。我们俩虽然相爱，但是因为有血缘关系，原本已经不打算要孩子了。这样正好，我们就把这孩子当作我们的孩子吧。"

别扯了！

那是我的孩子。

我生的孩子。

"嗯，等着孩子长大成人，让他也娶个妻子传宗接代吧。"

听了大邦言的话，侠也点点头。

"那得先给这孩子起个名字啊。"大邦言说道，"孩子叫……"

改写

REVISION BY HARUKA HOJO

思考了一会儿，大邦言想出了一个名字：

"叫'保彦'怎么样。希望他能过上安稳的生活。"

"真是个好名字。"

不是的。

保彦，才不是"保彦"。

他是我的保彦。

"对了大邦言大人，您说要从家里拿出什么东西来，到底拿了什么呀？"

"嗯，就是这个。"

大邦言一边说着，一边从行李中取出一对镜子。

这就是日后，霞和邦彦的镜子。

"要说能轻松携带，又有价值的东西，那就是镜子了。"

"那么，大邦言大人……"

"嗯，出发吧。"

大邦言把侠拉到身前，又一次接吻。

"以后我们三个就是一家人，开始新生活吧。"

"嗯。"

我都说了，不是这样的吧！

"'保彦'……"侠冲着怀里的保彦笑了一下。"以后，我就是你的妈妈了哦。"

孩子的妈妈是我啊！

这时，大邦言手上的镜子里伸出了一只不知道是谁的手。

这只手抓住了保彦。

抓住了裹在保彦身上的那件县医院的出生服。

"什……"

"怎，怎么……有手……"

那是我的孩子。

"可恶，你这妖怪！"

大邦言从怀里掏出小刀想把手砍断，但来不及了。

手已经抢过保彦，消失在镜子里。

大邦言的刀只砍到了保彦身上的出生服。

出生服的布片，被大邦言一脚踩烂，陷进了土里。

然后被一千年以后，镜子里钻出这只手的主人发现了。

"霞、霞……"

邦彦很害怕。

刚才，他看到的镜像，妻子霞把手伸进手镜里，从一千年前他们祖先的手里，把保彦抢了回来。

"怎么会……"邦彦目瞪口呆，最后挤出一句，"你看看你，做了什么！"

"怎么了？"

霞痴痴地抱着自己的孩子。

改写

REVISION BY HARUKA HOJO

总算见到了。

总算又找回来了。

我的保彦。

"那两人可是我们的祖先啊!"

"那又怎么样?"

"那两人不是说帮保彦找老婆……也就是说我们的孩子保彦,变成我们的祖先了啊。"

"所以呢?"

"你把保彦抢过来的话……"

过去就改变了。

自己的祖先就没有孩子了。

这样的话,这条时间线就被切断了。

自己家的血脉就被自己亲手否定了。

但是,霞只是在痴痴地看着保彦,根本没想这些。

"原来是这样啊。"

总算是明白了。

所以,保彦会被时间线否定啊。

"因为我们的祖先想要个孩子,所以……"

然后,她看着她的丈夫邦彦。

霞和邦彦在同一个家庭长大。高中毕业之后两人一起生活,因为他们的父母都已经去世了,所以最后发展到了身为姐姐的霞,怀上了

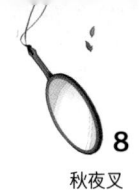

邦彦的孩子保彦。

如此一来，就没办法。

只能结婚了。

但是，他们两人的朋友都知道他们的关系。

于是婚礼上，他们便不能邀请任何人参加婚礼。

现在也没有对认识的人说过结婚的事。

这是理所当然的。

因为对象是同一家族的弟弟。

所以，霞结婚之后也没有改姓。

当然也没有正式登记。

"这样啊。"霞微笑着说，"所以我们在现代变成透明人了啊。"

"那，那你也不能干这种事啊。现在就等于我们从我们祖先那里，夺走了孩子。"

这样的话，我们就会变成从一开始就没有出生过。

被否定存在。

"邦彦。"

霞开口说道。

她咬破了手指，用鲜血在出生服上写下保彦的名字。

"老公……我终于明白千秋家只传男人的那面镜子的真正意义了。"

"欸？"

改写

REVISION BY HARUKA HOJO

"我的镜子可以看到未来。然后，你的镜子是为了接收从过去发来的东西。"

"接收，接收什么？"

"当然是保彦了。"

霞把镜子翻了个面，然后把保彦塞到里面。

然后两人的存在，就被消灭了。

1992年，秋天。

一条家里那面不知道从谁手里买来的镜子前，出现了一个小婴儿。

然后与此同时，小婴儿，哭了起来。

"怎么了？"

听到了哭声的一条家当家，跑到镜子所在的客厅，看到眼前这个不知道什么时候出现的小婴儿，吓了一跳。

一条家的夫妻俩，没有孩子。

此外，由于两人都年事已高，也就放弃要孩子了。

镜子前突然出现了孩子，一条夫妻也觉得这事蹊跷，曾一度向警察报案。但听说找不到孩子的父母。

"那么，这也是某种缘分吧。我们来抚养他吧。"

就这样，孩子的名字沿用出生服上的血字，取名为"保彦"，

从此，"一条保彦"诞生了。

终章

改写

REVISION
BY
HARUKA
HOJO

　　四年之后，1996年，秋天。

　　一条保彦迎来了自己的第四个生日，长到四岁了。

　　话虽如此，其实也没人知道保彦真正的生日。一条夫妻决定把保彦收为养子之后，他们也去了兴津的各家医院，甚至都去到了静冈市，就想查清保彦是在哪个医院出生的。奇怪的是，哪个医院都找不到保彦出生的相关记录。因此，一条家的当家便决定：

　　"算了，就把他生日，就定在来咱们家那天吧。"

　　于是，10月23日，就成了保彦的生日。

　　讽刺的是，这一天本来应该是他的忌日。

　　不管怎么说，保彦快过生日了，父母问他想要什么礼物的时候，他不假思索地如此答道：

　　"书就可以。"

　　一条夫妻也想着，买书也好，于是10月23日那天，一条夫妇带着保彦去了静冈市一家相当大型的书店。

　　那家书店，就是曾经搅乱了命运的地方。

　　那家书店，就是曾经命运交汇的地方。

　　但是，对这些一无所知的保彦，在他曾经待过的地方，在他曾经

摸过的书架前，现在，又伸出了他已经变得小小的手。

"这本就好。"

就像是被命运指引一般，保彦选择了那本书。

夫妻俩取下儿子选的书，仔细看了看腰封和标题，还有背面的说明。

"冈部萤？没听说过这个作家啊。"

爱读书的爸爸说着，翻了翻这本书。

"虽然封面画了插画，但里面内容可不是这样哦。保彦，这和你平时读的书不一样，里面一张插画都没有，真的要这本吗？"

"嗯。"

"是吗？"父亲也点点头，"那，您给我拿这本《复写》吧。"

于是，送给保彦的四岁生日礼物，就是这本冈部萤著的小说《复写》。

从书店回家的路上正值秋分祭祖时节，一条家就顺路去扫墓。

一条夫妇打扫自家墓碑的时候，四岁的保彦在离自家坟墓不远的地方玩耍。

这时，保彦在一座坟墓前停下了脚步。

这是一座没有刻名字的墓碑。

没有贡品，没有上香，也没人献花。

因此，保彦跑到草丛里，麻利地折了几枝波斯菊和胡枝子等花，

改写

REVISION BY HARUKA HOJO

供奉在这个无名的坟墓前。

"干什么呢，保彦。"

妈妈走过来，责备了一下保彦，

"不许在人家的墓前做奇怪的事哦。"

"妈妈。"

保彦对自己的妈妈说：

"但我总有种感觉，必须这样做。"

"给这个墓……"

因为墓碑上没刻名字，所以也不知道墓究竟是谁家的。

"怎么了？"

关于这个墓的由来，保彦又去问了问在附近的爸爸。

"这个是谁家的墓呢？"

"不知道……"爸爸好像也不清楚，"嗯……为什么呢，我感觉我应该知道的……忘记了。"

"千秋。"

"呃？"

"嗯？"

"大概，是叫，千秋。这个墓。"

儿子的话让父母有点吃惊。

"为什么你会知道呢？保彦。"

保彦，回答不上爸爸的问题。

终章

因为保彦自己也不太清楚。

只是自己心里，突然出现了这个词，然后又消失了。

这座坟墓，是跨越了一千个秋天的坟墓。

此时，保彦的鞋底咔嚓一下，好像碰到了什么东西。

那东西，好像埋在墓碑边的碎石下面。

保彦把这东西挖出来一看，是一个又老又脏的镜子。

"嗯？"爸爸盯着这东西看了一阵，"这个，和咱们家客厅里挂的那个手镜挺像啊？"

"那个镜子，是从哪里买的来着？"

妈妈问了一嘴，可爸爸好像也想不起来了。

"是哪儿来着……我记得是从谁手里买来的。那个人，是谁来着……"

那个人，已经不在这个世界了。

别说这个世界了，这个人根本就没出生过。

所以，不可能想起来的。

但是，保彦能看到。

"走吧。保彦，赶快把那个脏镜子扔了。"

"……"

可保彦并没有听从母亲的吩咐。

而是，盯着镜子。

"保彦？"妈妈问道，"怎么了？你喜欢那个镜子吗？"

改写

REVISION BY HARUKA HOJO

"……在哭。"

"嗯?"

"妈妈,镜子里有个女人在哭。"

REVISION
Copyright © 2013 Haruka Hojo
Originally published in Japan by Hayakawa Publishing Corporation
Simplified Chinese translation rights arranged with HAYAKAWA PUBLISHING
CORPORATION through AMANN Co., LTD.

江苏省版权局著作权合同登记号 图字：10-2024-379 号

REVISION
Copyright © 2013 Haruka Hojo
Originally published in Japan by Hayakawa Publishing Corporation
Simplified Chinese translation rights arranged with HAYAKAWA PUBLISHING CORPORATION through AMANN Co., LTD.

图书在版编目（CIP）数据

改写 /（日）法条遥著；鹿推译 . -- 南京：江苏凤凰文艺出版社，2025.3. -- ISBN 978-7-5594-2451-8
Ⅰ．I313.45
中国国家版本馆 CIP 数据核字第 2024EE4303 号

改写

[日] 法条遥 著　鹿推 译

责任编辑	白　涵
装帧设计	程　然
出版发行	江苏凤凰文艺出版社
	南京市中央路 165 号，邮编：210009
网　　址	http://www.jswenyi.com
印　　刷	北京盛通印刷股份有限公司
开　　本	880 毫米 ×1230 毫米　1/32
字　　数	121 千字
印　　张	6
版　　次	2025 年 3 月第 1 版
印　　次	2025 年 3 月第 1 次印刷
标准书号	ISBN 978-7-5594-2451-8
定　　价	48.00 元

江苏凤凰文艺版图书印刷，装订错误，可向出版社调换，联系电话 025-83280257